Für alle
„Weinkenner“,
die lieber geschwollen
über Wein reden, statt ihn zu saufen.

Die europäische Weinhauptstadt Mainz?

Mainz liegt mitten im Wingert. Links des Rheins gibt es Rheinhessenwein. Rechts des Rheins wachsen Rheingauer Gesöffe. Jahrzehnte lang konnte man sich hüben wie drüben auf gemütlichen Weinproben ordentlich besaufen. Als Dankeschön an den Winzer kaufte man lallend eine Kiste Wein, und holte sie ab, wenn man wieder nüchtern war.

Diese schönen Zeiten sind vorbei. Wein trinken ist „in". Die deutsche Mehr-Schein-als-Sein-Gesellschaft ist mit voller Wucht im Wingert gelandet. Deshalb gibt es keine Winzer und keine Weinproben mehr. Winzer nennen sich jetzt vornehm „Önologen" , und Weinproben werden zu „Degustationen" aufgeblasen, wo irgendwelche „Weinkenner" geschwollene Phrasen dreschen.

Und Mainz nennt sich sogar „Europäische Weinhauptstadt", oder ganz weltmännisch: „European Wine Capital". Was soll denn der Kokolores?

In Wahrheit gibt es hier Wirte, die schlechte Weinschorle für 4,20 Euro anbieten. Das sind gefühlte acht Mark vierzig! Und die Artisten aus dem Mainzer Rathaus schaffen es noch nicht einmal, unfallfrei eine geschenkte alte Weinkelter in der Stadt aufzustellen.

Überhaupt muss man sich das Wort auf der Zunge zergehen lassen: „Juroopien Woi Käbiddel Meenz". Da kann einem beim Zuhören ja die Lust am Trinken vergehen.

Das literarische Personal

Karl Napp: Mainzer Hutsimpel, früher Polizist, heute Privatdetektiv und Hausmeister
Erna Napp: Karls Frau. Schlauer als er.
Herbert Dickmilch: Rheinhessischer Hobbyjäger aus Mommenheim. Qualitätsmänätscher im Detektivbüro.
Rudi: Herberts Dackel, Sauvieh
Franky: „de Machemoldessdo" von Erna und Karl
Winzer Siegfried: der König des Rheingauer Rieslings. Verkauft mehr Wein, als er Wingert hat.
Die Winzerin: Siegfrieds Gattin. Unsterblich verliebt in
Winzer Kurt: Rothaariger Rheinhesse. Macht sauguten Riesling, kann aber keine Weinkritiker leiden.
Adolf: Kurts Vater. Mag keine „neimoderne Ferz".
Doktor Heribert Schtolte: größter Dummschwätzer von ganz Mainz. Arbeitet als Weinkritiker für
WEIN ÜBER ALLES: blödsinnige Hochglanzzeitschrift für angebliche Weinkenner und Feinschmecker
Marianne Schtolte: Heriberts Frau, arrogante Schnepfe, arbeitet in der irren Anstalt auf dem Lerchenberg
Brezelmüller: Pate der Mainzer Handkäsmafia. Will jetzt ein Weingut kaufen, weil Gerard Depardieu, Brad Pit und Günter Jauch das auch getan haben.
Fleischworschttoni: Mainzer Großmetzger und Busenfreund vom Paten. Säuft am liebsten Bier.
Hohlblockfriedel: Bauunternehmer und FDP-Stadtrat.
Der Ölprinz: Haus- und Hofanwalt der Handkäsmafia.
Nobby (SPD), Grieser (CDU) und der **Grüne**: Mainzer Lokalpolitiker. Stehen auf der Gehaltsliste der Handkäsmafia. Babbeln dauernd etwas von „nachhaltig" und „werthaltig" daher.

Dunkle Geschäfte

Der Tanklaster mit dem hessischen Kennzeichen brummte im Schritttempo durch das rheinhessische Dorf, weil der Fahrer eine ganz bestimmte Adresse suchte.

„Das muss es sein“, murmelte der Fahrer, und stoppte. Es war Nacht, aber das heruntergekommene Weingut wurde von einer Straßenlaterne angeleuchtet. Im grellen Licht sah man deutlich, wie graufarbener Putz von der alten Sandsteinfassade bröckelte.

Vor dem großen, altertümlichen Hoftor stieg der Fahrer aus, und suchte die Klingel. Es gab keine. Stattdessen hing da eine uralte Glocke. Er suchte das Glockenseil, aber es gab keines. Deshalb drückte er die uralte Klinke der Tür herunter, die im Hoftor eingebaut war. Die Tür öffnete sich knarzend. Als der Fahrer im dunklen Hof stand, fühlte er sich unwohl. Eine Sekunde später wusste er auch, warum. Ein riesiger Hund knurrte ihn an. Der Fahrer wich erschrocken einen Schritt zurück. Da fing die Bestie an zu bellen. Der Fahrer stand starr vor Schreck. Instinktiv hielt er die Hände vors Gemächt, damit ihm der Hund nicht die Eier abbiss. *Nicht bewegen,* dachte der Fahrer panisch, und schloss die Augen. Irgendwo hatte er gelesen, dass man Hunden nicht in die Augen sehen soll.

„Melac!“, rief eine dunkle Männerstimme: „Aus!“ Sofort hörte der Hund auf zu bellen. Gleichzeitig ging die Hofbeleuchtung an.

„Guude!“, grüßte der Winzer. Ein kräftiger Mann, der auf der Treppe vor seinem Haus stand.

„Guten Abend“, stotterte der Fahrer, und erklärte, dass er keine Klingel gefunden habe.

„Wozu brauch isch ä Klingel, wenn isch e Hund hab?“, antwortete der Winzer, und der Hund knurrte zustimmend.

„Warum hat der Hund so einen komischen Namen?“, fragte der Fahrer.

Der Winzer erklärte ihm, dass vor über 300 Jahren der französische General Melac hunderte Dörfer in Rheinhessen und der Pfalz niederbrennen ließ. Seitdem nannten Bauern und Winzer ihre bösen Hofhunde gerne „Melac“.

„Ahso“, sagte der Fahrer verständnislos.

„Komm mit“, brummelte der Winzer und ging mit dem Fahrer über den engen, kopfsteingepflasterten Hof. Links und rechts standen windschiefe, 150 Jahre alte Gebäude.

„Obacht!“, warnte der Winzer, als er gebückt in einem niedrigen Kellereingang verschwand, aber – rumms – hatte sich der Fahrer schon den Kopf gestoßen.

Es war ein alter Winzerkeller wie aus dem Bilderbuch. Eng, verwinkelt und verschachtelt. Die Decke war so niedrig, dass man sich dauernd den Kopf stieß.

Wie kann man hier arbeiten?, dachte der LKW-Fahrer und rieb sich die schmerzende Stirn. Hier zu arbeiten, musste eine unendliche Quälerei sein. Nichts war ebenerdig. Alles musste aus Platzmangel drei- bis viermal hin und hergefahren, fünfmal in die Hand genommen werden. Es musste schwer sein, hier rentabel zu wirtschaften. Anscheinend war es sogar unmöglich, sonst wäre er nicht hier.

Der Fahrer war von Beruf Kellermeister. Vor einem 5000-Liter-Tank blieb er stehen und packte seinen Koffer mit den Messgeräten aus. Er zapfte ein wenig von der Brühe ab, schmeckte und prüfte sie. Der Winzer stand knurrend daneben.

„Erstklassig“, sagte der Fahrer.
„Was hosten Du gedengt?“, brummte der Winzer. Er hatte die handgelesenen Trauben etwas früher geerntet, damit sie mehr Säure hatten, also mehr nach Rheingau schmeckten. Und er hatte spezielle Reinzuchthefe dazugegeben, damit der rheinhessische Riesling richtig nach Rheingau schmeckte.

Der Fahrer packte die Messgeräte wieder ein und 7500 Euro in Bar aus. Die Scheine gab er dem Winzer. Es war Schwarzgeld. Dann führte er den Schlauch durch das Kellerfenster, pumpte die 5000 Liter auf den Tanklaster, und fuhr weg.
„Isch kennt kotze!“, fluchte der Winzer, als sein Besucher weg war.

Der rheinhessische Riesling wurde über die Weisenauer Brücke nach Hessen gefahren, und landete in einem Rheingauer Weingut. Dort wurde der Wein in Dreiviertelliterflaschen abgefüllt und verkorkt. Zum Schluss pappte man das edle Etikett des Rheingauer Winzers darauf und verkaufte ihn als teuren Rheingauer Riesling nach ganz Europa, Japan und in die USA. Die Kunden zahlten 19,80 Euro pro Flasche, weil der Rheingauer Winzer weltweit einen guten Namen hatte. Alle Weinkritiker schnalzten mit der Zunge, wenn sie den Namen dieses Winzers hörten.

Denselben Wein konnte man auch literweise unter dem richtigen Etikett bei dem rheinhessischen Winzer für 3,50 Euro kaufen. Der Rheinhesse hatte keinen Namen in der Fachpresse. Er wollte einfach nur guten Wein machen. Vor allem konnte er keine Weinkritiker leiden. Er hasste diese Dummschwätzer.

„Kennste den schon?“,

fragte Karl Napp und erzählte einen krachenden Arztwitz, über den niemand lachte, außer dem Erzähler.

Die Zuhörer stöhnten gequält, weil der Witzeerzähler fröhlich seine Alkoholfahne im Wartezimmer verbreitete. Schlecht gelaunt verschanzten sich die Patienten hinter blödsinnigen Zeitschriften, oder fingerten an ihren kindischen Handys herum. Einer stand naserümpfend auf, und öffnete demonstrativ das Fenster im Wartezimmer.

„Herr Napp, bitte!“, rief die Arzthelferin.

„Ei Guude Fraa Dogder!“, krähte Karl Napp im Behandlungsraum, und verbreitete seine Fahne.

Die Ärztin sah von ihrem Schreibtisch hoch und musste lachen. Vor ihr stand ein kleiner dicker Mann mit Halbglatze und „Arschlochbart“. So nannten die Mainzer diese altertümliche Bartmode, bei der Ober- und Unterlippenbart einen sorgsam gepflegten Haarkranz rund um die Mundöffnung bildete. In der Hand hielt er eine Flasche, die knapp von einer Plastiktüte verdeckt wurde.

„Unn? Wie sieht's aus mit de Blutwerte?“, fragte Karl.

„Was willst du hören?“, fragte die Ärztin zurück. „Dass du zuviel und zu fett frisst, zuviel säufst, und zuviel rauchst?“

„Dess wollt isch eher wenischer höre“, maulte Karl und fing an zu babbeln wie ein Wasserfall. Die Ärztin hörte ihm belustigt zu. Sie mochte ehrliche Patienten. Und noch ehrlicher als dieser Patient konnte man nicht nach Alkohol und Nikotin riechen.

„Wo warst du gestern?“, unterbrach ihn die Ärztin.

„Gestern hab isch ääner gemacht“, erklärte Karl fröhlich. „Isch war in Kostheim, im Rosegarte.“

„Was gab's zu essen?“

„Schlachtplatt“, sagte Karl. „Wer Dorscht hot, der muss aach ordentlisch esse. Alles annere iss Kokolores.“

„Wieviel hast du getrunken?“

„Nit mehr, als wie enoi basst.“

„Und geraucht?“

„Meistens rauch isch nur zuviel, wenn isch sauf.“

„Geduscht hast du heute morgen aber nicht?“

„Dadezu war kä Zeit, alldieweil isch sonst zu schpät zum Arzt komme wär, unn ...“

„Hast du eine Zigarette für mich?“, fragte die Ärztin.

„Ei sischer“, sagte Karl, und folgte ihr auf den Balkon.

Die Ärztin zog gierig an dem Glimmstengel und erklärte: „Ich rauche seit einem halben Jahr nicht mehr, außer, wenn ich etwas trinke. Ansonsten schnorre ich Zigaretten.“

„Hähä“, lachte Karl, und hörte sich den Befund an.

„Für einen 67jährigen Mann mit solchen Lebensgewohnheiten bist du ganz gut in Schuss. Vor allem haben sich die Blutwerte erheblich verbessert.“

„Ei logisch“, stimmte Karl zu. „Seit die mir de Führerschein abgenomme habbe, fahr isch viel Fahrrädsche. Dess iss gesund.“

„Woher hast du eigentlich die Schramme über dem rechten Auge?“

Karl zuckte mit den Schultern. „Da bin isch neulisch uff die Fratz gefalle, weil isch die Heef hat.“

„Ist mir auch schon passiert“, gab die Ärztin zu.

Er zeigte auf die Plastiktüte. „Außerdem hab isch was mitgebracht. Hol emol e Gläsje, unn dreh disch um!“

Die Ärztin holte ein Glas, und drehte ihrem Patienten den Rücken zu. Der Mann gehörte noch zu der Sorte Mainzer, die auch den Papst duzen, und nur unsympathische Menschen siezen. Er war ein pensionierter

Polizist, der aus Langeweile als Privatdetektiv arbeitete. Sie hatte ihn zufällig beim Saufen am Marktstand kennen gelernt. Deshalb war klar, was jetzt kam. Aber sie hörte kein „Plopp“, weil kein Korken aus der Flasche gezogen, sondern nur „gluck-gluck“, als eingeschenkt wurde.

„Woiprob!“, sagte Karl Napp.

Die Ärztin drehte sich um, und sah auf dem Tisch ein Glas mit Weißwein. Sie schnupperte und probierte.

„Unn was meenste?“, fragte Karl.

„Riesling. Guter Stoff. Sehr lecker.“

„Wieviel?“, fragte Karl.

„Mindestens 12 Euro die Flasche“, schätzte sie.

„Ha, ha“, lachte Karl, und stellte die Flasche auf den Tisch. Eine Literflasche mit Schraubverschluss ohne Etikett. Er erklärte, dass man den Wein mit Etikett zum regulären Preis von 3,50 Euro bei einem Winzer Kurt Rebenlaus in Rheinhessen kaufen könne.

„Unglaublich“, staunte die Ärztin. „Von diesem Winzer hab ich noch nie etwas gehört.“

„Iss en geheimer Geheimtipp von moim Kumbel Herbert aus Mummerum. Der kennt den Vadder von dem Winzer ganz gut. Die zwää alde Hutsimpel gehe als zusamme uff die Jacht unn ...“

„Karl, ich habe gerade Sprechstunde!“

Als der Patient weg war, stellte die Ärztin den Wein in den Medikamentenkühlschrank, um ihn kühl zu halten. „Dich vernasche ich heute Abend“, sagte sie zur Weinflasche, putzte ihre Zähne, und rief: „Der nächste, bitte!“

„Ihr kleinen Arschlöcher“,

murmelte die Chefredakteurin. Sie saß in ihrem Chefsessel und hörte über das Abhörmikrofon jedes Wort ihrer Redakteure mit. Die ahnungslosen Redakteure saßen zwei Räume weiter. Das Abhörmikrofon war ein kleines technisches Hilfsmittel, um ihr Personal besser führen zu können.

„Wann kommt denn die Alte endlich?“, fragte der Mainzer Weinkritiker Heribert Schtolte, und sah auf die Uhr. Es war 10:30 Uhr. Die Redaktionskonferenz war auf 10 Uhr angesetzt.

„Die lässt uns wieder warten, um zu zeigen, wer hier die Chefin ist!“, maulte einer.

„Gestern hab ich einen grandiosen 1986ziger Riesling vom Weill getrunken!“, behauptete ein Kollege ganz wichtig.

„1986 war ein scheiß Jahrgang!“, widersprach Heribert noch wichtiger. „1976, das war ein Jahrgang!“

Wie immer, wenn die Kritiker nichts zu tun hatten, übertrumpften sie sich mit Angebergeschichten über „edle Gewächse“, die sie angeblich getrunken hatten.

Kindischer als zwölfjährige Buben, die mit der Länge ihrer Schwänze prahlen, dachte die Chefin von „Wein über alles“. Das war eine völlig überflüssige Zeitschrift auf Hochglanzpapier, gedacht für „Weinkenner“, die lieber geschwollene Phrasen über Wein dreschen, anstatt ihn zu saufen. Auch so genannte „Feinschmecker“, die winzige Portionen auf riesigen Tellern toll fanden, lasen dieses Blatt. Winzer und Wirte, die fleißig in dieser Zeitschrift inserierten, konnten als Gegenleistung mit wohlwollenden Bewertungen und Auszeichnungen rechnen. Und Leser ohne Mut zum eigenen Geschmack erfuhren, wo „man“ essen gehen, und welchen Wein „man“ trinken sollte, um mitreden zu können.

Dementsprechend waren auch die Mitarbeiter der Zeitschrift ausgesucht. Keiner dieser „Weinkritiker“ hatte jemals im Wingert, oder im Keller gearbeitet.

„Die Chefin fand den Wein auch großartig!“, widersprach der Kollege.

„Weil die Chefin genau so wenig Ahnung hat wie Du!“, zischte Heribert.

„So, so“, murmelte die Chefredakteurin zwei Räume weiter, und dachte: *Dir zeig ich, wo der Hammer hängt!*

Doktor Heribert Schtolte war der anerkannt größte Dummschwätzer von ganz Mainz. Als Weinkritiker war er unschlagbar, wenn es darum ging, bombastische Phrasen über „medittererane Aprikosen-Aromen“ zu dreschen, „die im Abgang vollmundig den Gaumen liebkosen“.

Zu allem Überfluss war er auch noch Restaurantkritiker, obwohl er gerade einmal ein Spiegelei backen konnte. Er hatte noch nie in einer Küche, oder als Bedienung gearbeitet; dazu war er einfach zu blöd.

In Wahrheit hatte Heribert weder am Trinken, noch am Essen Spaß. Er konzentrierte sich immer auf Äußerlichkeiten. Das Etikett war ihm wichtiger als der Inhalt, und das „Ambiente“ mehr wert als der Geschmack.

„Klack, klack, klack!“, knallten hochhackige Stiefel über das Parkett im Flur.

„Achtung, sie kommt“, murmelte einer.

Sofort strafften die Weinkritiker ihre schlaffen Oberkörper, zoppelten Klamotten zurecht, überprüften, ob die Hosenlatze geschlossen waren, und warfen Pfefferminzbonbons gegen den Geruch von Restalkohol ein.

„Guten Morgen!“, sagte die Chefin, und eröffnete die Konferenz. „Wir starten eine neue Serie. Die Serie heißt: Rheingau gegen Rheinhessen! Wir vergleichen Rheingauer Winzer mit Rheinhessischen! Das polarisiert. Das wühlt auf! Das elektrisiert die Leser!“

Dann verteilte sie Aufgaben. Zum Schluss blieben zwei Kritiker übrig.

„Und was sollen wir machen?“, fragte Heribert Schtolte verwundert. Er saß alleine mit dem Mann, der gestern mit der Chefin zusammen bei Weil gesoffen hatte.

„Für euch habe ich was ganz besonderes“, sagte die Chefin. „Direktvergleich zwischen dem Rheingauer Siegfried und dem Rheinhessen Kurt!“

„Wer ist Kurt?“, fragten die Weinkritiker.

„Kurt ist ein Winzer aus Harxheim in Rheinhessen, der seinen Liter Riesling für 3,50 Euro verkauft“, sagte die Chefin knochentrocken.

„Viel Spaß mit Kurt“, lachte Heribert Schtolte und klopfte seinem Kollegen auf die Schulter. Heribert war stolz darauf, Winzer Siegfried persönlich zu kennen. Siegfried war eine lebende Legende, der König des Rheingauer Rieslings. Siggi hatte mit erbarmungsloser Konzentration auf Qualität aus seinem 7,5 Hektar-Familienbetrieb eine Marke gemacht, ein Aushängeschild des Rheingaus. Jetzt bewirtschaftete er 30 Hektar Wingert, Joschka Fischer soff seinen Wein, und die Amis kauften palettenweise 0,7 Liter Riesling für 19, 80 Euro.

„Ich mach die Reportage über Siegfried“, schwärmte Heribert. „Siegfried im Keller, Siegfried privat, Siegfried im Flugzeug nach New York mit Joschka Fischer als Botschafter des Rheingauer Rieslings und ...“

„Du fährst zu Kurt nach Harxheim!“, sagte die Chefredakteurin, und drückte Heribert einen Zettel mit der

Adresse des Winzers in die Hand. Zurück im Chefsessel lehnte sie sich zufrieden zurück. Männer waren so einfach zu durchschauen!

Derweil versuchte sich Heribert wütend über diesen Winzer Kurt zu informieren, aber er fand keine Internetseite. Schließlich rief er an. Das Telefongespräch verlief ungut.

„Guten Tag. Hier ist die Mainzer Fachzeitschrift ‚Wein über alles'. Sie haben sicher schon von mir gehört. Ich bin Heribert Schtolte und möchte ..."

„Kenn isch net!", bellte Winzer Kurt ins Telefon.

Heribert: „Haben Sie keine Internetseite?"

„Indernet indressiert misch net!"

„Ich möchte eine Reportage über ihr Weingut schreiben und ..."

„Dann komm in die Schtraußwertschaft!"

„Reservieren Sie mir am Sonntag zwei Plätze?"

„Bei mir werd nix reserwiert", knurrte der Winzer. „Komm bei Zeit, dann hoste aach Platz!"

„Aber ..."

Knurrend bellte der Winzer die Öffnungszeiten seiner Strausswirtschaft ins Telefon. Im Hintergrund hörte man Traktorenlärm, Hundegebell und menschliches Gebrüll. Auch der Winzer brüllte ins Telefon. „Isch hab kä Zeit. Muss ebbes schaffe!" Dann legte Kurt auf.

„Unfassbar" murmelte Heribert beleidigt. Es gab tatsächlich einen Winzer, der noch nie etwas von dem großartigen Mainzer Weinkritiker Doktor Heribert Schtolte gehört hatte. Und über so einen Banausen sollte er eine Reportage schreiben!

König Siegfried und seine Gemahlin

„Die halbe hessische Staatskanzlei kommt zu meiner Weindegustation", sagte Winzer Siegfried stolz.

Seine Gattin schlürfte Kaffee und sah flüchtig auf die Gästeliste. „Na, da sind ja wieder alle Etikettentrinker aus dem Rhein-Maingebiet vollzählig versammelt", meinte sie gelangweilt.

Siegfried überhörte diese Bemerkung und schwärmte: „Auch der Vorstandsvorsitzende von ..."

„Oh nein", seufzte seine Frau. Dieser Widerling war unerträglich. Der Mann konnte gerade einmal Rot- von Weißwein unterscheiden, hielt aber jedes Mal große Vorträge über seine überragenden Weinkenntnisse. Um Publikum zu haben, brachte er immer den ganzen Firmenvorstand mit. Und niemand traute sich, ihm zu widersprechen.

Sie: „Kommt dieser Mainzer Dummschwätzer von WEIN ÜBER ALLES auch?"

Er: „Der Weinkritiker Schtolte? Nein, die Redaktion schickt diesmal einen anderen Reporter, der sich auf meine Kosten besäuft."

„Na wenigstens etwas", seufzte die Winzersgattin erleichtert.

Siegfried war nicht irgend ein Winzer, sondern er war der König des Rheingauer Rieslings. Er räumte reihenweise Preise ab, und gehörte zu „den besten 100 Winzern Deutschlands". Weinkritiker prügelten sich darum, zu seinen Veranstaltungen eingeladen zu werden. Siggis Weinproben waren gesellschaftliche Ereignisse. Es war wichtig, dort gesehen zu werden. Hier wurden geschäftliche Kontakte geknüpft, oder vertieft. Hier fanden Patienten ihre Ärzte, und Anwälte ihre Mandanten.

Wichtigtuer konnten glänzen, und Promigucker konnten hinterher erzählen, wen sie alles getroffen hätten, und wer was über wen gesagt hatte.

Natürlich gab es unter den geladenen Gästen auch welche, die Ahnung von Wein hatten, und gerne gutes Geld für guten Wein bezahlten. Aber das war die Minderheit.

Die Mehrheit der Besucher waren einfach Biertrinker mit Geld, die gehört hatten, dass Wein trinken in ist. Um nichts falsch zu machen, tranken sie Siegfrieds teuren Wein wie Pils. Zusätzlich kauften sie riesige Weinkühlschränke und füllten sie mit wahllos zusammengekauften, sündhaft teuren Flaschen aus aller Herren Länder, um damit zu protzen.

Das schlimme an diesen Veranstaltungen war die Tatsache, dass man der Mehrheit der Besucher nicht entkommen konnte. Jedenfalls nicht als Winzersgattin. Sie musste die freundliche Gastgeberin spielen und die Honneurs machen.

„Zum kotzen“ , murmelte die Winzersgattin leise. Je länger sie mit Siegfried verheiratet war, desto mehr musste sie sich überwinden, um solche Veranstaltungen zu ertragen. Dabei hatte sie sich früher mit Begeisterung die Nächte um die Ohren geschlagen, um alle vier Stunden in einem muffigen Keller mit dem Holzspatel die Traubenhäute nach unten zu stoßen, um Rotwein zu machen. Aber damals war Siegfried noch ein kleiner liebenswürdiger Winzer gewesen. Heute war er ...

„Ist mein Anzug gebügelt?“, fragte Siegfried.

„Ja“, sagte sie. „Ich hab alles organisiert. Die Hecken im Park werden gerade frisch geschnitten. Die rosa Marmorsäulen sind geputzt. Mike aus Mainz macht Catering vom Allerfeinsten. Die Wiesbadener Juristenband macht

Musik. Der Taxidienst ist vorsorglich alarmiert, der ‚Frankfurter Hof' hat Zimmer für die Besoffenen geblockt, und ich hab einen Regenschirm gekauft, damit mir der Sabber von betrunkenen Weinkennern nicht in den Ausschnitt tropft."

„Ich hab nach meinem Anzug gefragt!"

„Auch dein schicker Brioni-Anzug, oh Herr, ist frisch gereinigt und gebügelt."

„Red nicht so!", zischte er.

„Und ich fahre jetzt wie abgesprochen zur Konkurrenzbeobachtung nach Mainz", sagte sie, und stand auf.

„Mit dem Fahrrad?", fragte Siegfried mit Blick auf ihre Fahrradhose.

„Ich muss mich entspannen, um den Zirkus morgen zu ertragen!", sagte sie, und verschwand.

Und ich kontrolliere hinterher den Tachostand!, dachte Siegfried wütend. Seine Frau machte lange Fahrradtouren. Allein! Er fuhr nicht gerne Fahrrad, und er hatte auch gar keine Zeit dazu. Sobald das Wetter gut war, fuhr sie Fahrrad wie eine Irre. Bis zu 200 Kilometer die Woche. Das sah er immer auf dem Tachostand, den er heimlich kontrollierte. Er kontrollierte auch heimlich ihr Handy, aber es gab keine verräterischen Anrufe. Und wenn sie Fahrrad fuhr, nahm sie niemals ihr Handy mit, um beim Radfahren nicht gestört zu werden. Laut Tacho konnte sie ihn auch gar nicht betrügen, sondern nichts anderes tun, außer Fahrrad fahren. Es sei denn, sie fuhr zur Verwischung aller Spuren 80 Kilometer Rad, um zwischendurch einen fünf Minuten langen Quickie zu schieben!

Siegfried trat auf den 60 Quadratmeter großen Ostbalkon und beobachtete, wie seine Frau davonfuhr. Es war nicht zu fassen. Am Sonntag stand eine Weindegustation der Sonderpreisklasse an, und was tat seine Frau? Sie fuhr mit dem Fahrrad spazieren!

„Ich hätte eine Winzertochter heiraten sollen!“, sagte Siegfried wütend. Eine, die weniger gut aussah, aber tat, was er wollte. Oder eine der armen, noch besser aussehenden kroatischen Erntehelferinnen, die in ihm ihren Prinzen sahen. Seine Eltern hatten recht gehabt.

„Die basst net in de Betrieb!“, hatte seine Mutter von Anfang an gewarnt.

Siegfried stand auf seinem Balkon, beobachtete die Frau, die auf dem Fahrrad immer kleiner und immer weiter von ihm weg fuhr, und kam sich einen Moment lang furchtbar einsam vor. *Wozu mach ich das alles?,* fragte er sich mitleidig. Und dann überkam ihn wieder diese Wut. Urplötzlich raste sein Puls auf 180. Er rannte wie ein Tobsüchtiger ins Wohnzimmer, robbte ein Bücherregal aus der Verankerung, und trat dagegen.

„Isch bring se um!!“, brüllte er voller Wut.

Er hatte keine Schuhe an. Erst als der Fuß furchtbar weh tat, und das Blut aus dem großen Zeh spritzte, kam er zur Besinnung. Er humpelte in die Küche, verband die Wunde, putzte die Blutspur weg, und räumte die herausgerissenen Bücher wieder ein. Dann atmete er tief durch. Es gab es noch tausend Dinge zu erledigen. Er musste sich zusammenreißen.

Die Winzerin fuhr, bis der Mann auf dem Balkon so klein wurde, dass er kaum mehr zu erkennen war. Dann setzte sie sich auf einen Grenzstein, und rauchte eine Zigarette.

„Da gehör ich nicht mehr hin“, dachte die Raucherin kopfschüttelnd.

Der König des Rheingauer Rieslings residierte etwas außerhalb der berühmten Weinbaugemeinde Tiefbach am

Hochheim

Main, deren edle Tropfen schon die kleine, dicke Königin Viktoria gesüffelt hatte.

Vor zehn Jahren war der alte Hof im Ortskern endgültig zu klein geworden. Deshalb hatte Siegfried sein Elternhaus an ein Arztehepaar aus Frankfurt verkauft, das begeistert von dem schnuckeligen Fachwerkhaus und den alten Sandsteingebäuden drumrum war. Es war die Sorte „Städter", die auf's Land ziehen, um sofort wegen Lärmbelästigung die Polizei zu rufen, weil der Bauer nebenan um 5:30 Uhr den Traktor anlässt.

Für seinen Aussiedlerhof hatte Siggi nicht gekleckert, sondern geklotzt. Die Wirtschaftsgebäude waren der Traum jedes Winzers. Großzügig, funktional und bis in die letzte Kleinigkeit durchdacht. Hier werkelten Siegfried und seine sechs Angestellten mit modernster Kellertechnik, um Trauben in hochklassigen Wein zu verwandeln. Der Architekt hatte Siegfrieds Vorgaben zu 100 Prozent umgesetzt.

Leider hatte der Architekt auch die Vorgaben für das neue Wohnhaus zu 100 Prozent umgesetzt. Siegfried war einen ganzen Tag lang durch den Taunus rund um Bad Homburg gefahren, um sämtliche Protzvillen zu fotografieren, die er finden konnte. Instinktsicher hatte er sich für die hässlichste entschieden und dem Architekt befohlen: „Das will ich auch haben! Aber größer!"

Siegfrieds Wohnhaus war ein Fall für die Geschmackspolizei. Schon beim Hinsehen aus großer Entfernung schmerzten die Augen. Vor seinem Palast hatte er ein parkähnliches Gelände mit exotischen Bäumen und winterfesten Himalajapalmen anlegen lassen. Dann war er mit dem Traktor zu dem berühmten Gipsfigurenhändler nach Kastel gefahren, und hatte den halben Hof leer gekauft. Die klassischen Figuren und Säulen hatte er mit dem Frontlader wahllos zwischen Palmen und Zypressen verteilt.

Und mitten in diesem seltsamen Park voller Gewächse, Gips- und Betonfiguren, die nicht in den Rheingau passten, erhob sich ein mächtiges Gebäude von unglaublicher Hässlichkeit. Ein Protzbau mit zahllosen rosa Marmorsäulen und 800 Quadratmetern Wohnfläche. Beim Betreten des Hauses wurde der Besucher von überdimensionalen Hallen und Räumen erschlagen, die eine namhafte Innenarchitektin und Kundin von Siegfried noch zusätzlich verhunzt hatte.

Jeder, der sich länger als zwei Stunden in diesem Haus aufhielt, bekam Depressionen. Nur Siegfried nicht. Nach einem 16-Stunden-Arbeitstag schlief er einfach vor dem Fernseher ein, und merkte gar nicht, wie ungemütlich ein 180 Quadratmeter großes Wohnzimmer ist, dessen kahle Wände und hohe Decke eine unangenehme Schallwirkung entwickelten.

Immerhin hatte er der Innenarchitektin befohlen, edle Regale, gefüllt mit 5000 Büchern, an die Wände zu stellen. Die Bücher waren nicht zum lesen. Siggi hatte keine Zeit zum lesen. Die Bücher sollten den Schall in dem großen Raum dämmen, damit er Fernsehen gucken konnte, ohne, dass ihm die Ohren klingelten.

Wenn Siggi über irgend etwas außer Wein und seinen erfolgreichen Betrieb nachdachte, dann dachte er über sich nach. Er war jetzt 40 Jahre alt, seit 10 Jahren verheiratet, und hatte immer noch keinen Sohn. Er hatte noch nicht einmal eine Tochter! Wer sollte diesen weltweit renommierten Betrieb übernehmen?

„Unn, wie war's?“,

fragte Erna Napp, als er vom Arztbesuch zurückkam.

„Alles in Ordnung“, sagte Karl. „Die Fraa Dogder saacht, dass isch 100 Jahr alt werd, wenn isch so weider mach.“ Und dann tat er das, was er jeden Morgen seit zwei Wochen tat. Er rief die Störungsstelle der Telekom an.

„Bitte nennen sie ihr Anliegen“, säuselte der Sprachcomputer.

„Es Dellefon im Bürro iss kabutt!“, plärrte Karl.

„Wir haben sie nicht verstanden“, antwortete der Sprachcomputer, weil er kein Meenzerisch verstand.

„Moi Dellefon iss kabutt!“, plärrte Karl ins Telefon.

„Wir haben sie nicht verstanden“, wiederholte der Computer. „Bitte nennen Sie ihr Anliegen ...“

„Arschloch!“, plärrte Karl, und sagte gar nichts mehr. Das war der beste Trick. Wenn man lange genug nichts sagt, und schweigend das Gedudel der Warteschleife samt Computergeschwätz erträgt, dann geht irgendwann tatsächlich ein Mensch ans Telefon.

„Telekom, Störungsstelle, was kann ich für sie tun?“

„Moi Dellefon iss seit zwää Woche kabutt!“, plärrte Karl ins Telefon.

„Dann verbinde ich sie mit einem Techniker.“

„Babbel kä Scheißdreck“, sagte Karl. „Isch hab in de letzte zwää Woche schon mit zehn Teschniger gebabbelt, abber es Dellefon iss immer noch kabutt!“

Schließlich sprach er mit elften Techniker, und hinterher war er so schlau wie vorher auch.

„Saftlade!“, plärrte Karl ins Telefon, und knallte den Hörer auf.

Dann klingelte es. Erna Napp ging auf den Balkon über dem Hauseingang, um zu sehen, wer da klingelte.

„Kall! Geh enunner, unn helf der arm Briefträäscherin!"

Karl flitzte hinunter. Vor der Haustür des 12-Familienhauses stand eine abgekämpfte nassgeschwitzte Briefträgerin. Ihr schweres Postfahrrad war turmhoch mit wenig Post, aber viel Werbung und Paketen beladen.

Eigentlich wollte er meckern, weil dauernd falsche Post in den Briefkästen landete, aber jetzt bekam er Mitleid. Die Post wurde gerade umstrukturiert. Deshalb irrten zentnerschwer beladene Halbtagsbriefträger von 9 bis 16 Uhr in Bezirken herum, die sie nicht kannten, und für die die Post auch keine Haustürschlüssel mehr besorgte. Spätestens nach 632 Briefkästen waren sie so entnervt, dass sie Briefe falsch einwarfen.

„Geh enuff zu de Erna", sagte Karl zu der Briefträgerin. „Trink en Kaffee, unn geh pinkele."

Dann stopfte er die Post in die Briefkästen, und brachte Pakete bis in den fünften Stock ohne Aufzug für die faulen Zeitgenossen, die ja so gerne im Internet bestellen, weil das so bequem ist. Einer beschwerte sich über „scheiß Briefträäscher, die immer so aggressiv klingele".

„Depp", sagte Hausbesitzer Karl Napp zu seinem Mieter, und warf ihm das Paket an den Kopf.. Zwei Päckchen brachte er wieder mit.

Hausbesitzerin Erna erklärte der Briefträgerin: „Mir nehme Pakete fer alle Mieter im Haus an. Außer fer die Schtolte im zwädde Schtock, die bleed Nuss!"

Karl: „Unn ich muss jetzt fort, Frühschoppe mache."

„Schaffst du heit nix?"

„Isch kann nix schaffe, weil es Dellefon im Bürro kabutt iss!"

„Nix wie hier weg“,

sagte sie, schnippte die Zigarette fort, und trat in die Pedale. Stundenlang alleine Fahrrad fahren war der einzige Luxus, den sie sich gönnte. Es war eine vierfache Flucht: Erstens vor dem Betrieb, zweitens vor ihrem Ehemann, drittens vor ihr selbst. Viertens war das gar nicht voneinander zu trennen. Da konnte sie so viel Fahrrad fahren, wie sie wollte. Aber es tat gut, zwei- oder dreimal in der Woche wie eine Idiotin in die Pedale zu treten. Körperliche Anstrengung bis zur Erschöpfung hilft gegen Eheprobleme, Schlafstörungen, und ist gut für die Figur.

Seit Siggi auf dem Erfolg schwamm, den er sich hart erarbeitet hatte, war nichts mehr mit ihm anzufangen. Er redete nur noch über den Betrieb, erzählte, wem er alles die Hand geschüttelt hatte, und strunzte damit, wer alles seinen Wein kaufte. Wenn sie gemeinsam weggingen, dann gingen sie geschäftlich essen. Es war unmöglich, das Geschäftliche und das Private zu trennen. Überall mussten sie eine gute Figur abgeben. Es gab keine Freunde mehr. Es gab nur noch Bewunderer, Geschäftspartner, Konkurrenten, und Neider. Siegfried war auch nicht mehr fähig, menschliche Beziehungen zu pflegen. Er war sozial verkümmert. Das Geschäft hatte ihn versaut. Für ihn gab es nur noch zwei Sorten Menschen. Erstens solche, die seinen Wein kauften, und zweitens Banausen, die seinen Wein als zu teuer ablehnten.

Und sexuelle Gefühle für ihren Ehemann hatte sie auch keine mehr. Im Gegenteil. Unterhalb des Bauchnabels regte sich nichts mehr, wenn sie an ihn dachte. Untenrum war sie kalt.

„Da fahr ich lieber so lange Fahrrad, bis mir die Schamlippen einschlafen!“, murmelte sie.

Dummerweise war sie damals derart verliebt in Siggi gewesen, dass sie noch nicht einmal den Ehevertrag gelesen hatte, den ihre ungeliebten Schwiegereltern aufgesetzt hatten. Dieser Vertrag war erstens eine Frechheit, und zweitens eine finanzielle Katastrophe. Jedenfalls aus Sicht einer Frau, die mit dem Gedanken spielt, sich scheiden zu lassen. Und dafür hatte sie 12 Jahre lang geschuftet! Sie war es nämlich gewesen, die seinen Wein in der gehobenen Gastronomie untergebracht hatte. Sie hatte den Pressewirbel veranstaltet. Sie war es gewesen, die seine Flaschen palettenweise nach Schweden, und in die USA verkaufte hatte. Sie hatte ...

„Ach was soll's!“, fluchte sie.

Weil sie heute keine Lust auf die steilen Taunusberge hatte, fuhr sie durch köstlich Kostheim und Kastel, dann über die Theodor-Heussbrücke in ihre Heimatstadt Mainz. Die geschäftliche Beobachtung rheinhessischer Winzer am Rheinufer sparte sie sich. Es war eh nur ein Vorwand gewesen, um ihren Ehemann ein paar Stunden lang weder zu ertragen, noch zu sehen

Hinter Bodenheim ging es über betonierte Feldwege in die Weinberge. In einer Kurve raste ein Wahnsinniger wie eine Kanonenkugel auf sie zu.

„Was soll ...?“, schrie sie noch panisch.

Aber sie sie konnte nicht mehr ausweichen. Es war eine Sache von Sekundenbruchteilen, dann krachte es furchtbar. Und danach sollte nichts mehr sein, wie es vorher war.

„Wo issen de Alt?“,

fragte Winzer Kurt, und meinte seinen Vater.

„Der alte Jägermeister ist nach Mainz gefahren“, sagte seine Schwester Gisela und lachte. „Er lässt bei Waffen-Bassing sein Zielfernrohr neu einstellen.“

Kurt grinste. „Wann kommt er dann zurück?“

„Wann er ferdisch iss“, lachte Gisela.

Kurt rührte in seinem Kaffee und schüttelte anerkennend den Kopf. „Der alt Sack hot seit fümf Daach die Heef.“

In der Tat, es war erstaunlich. Winzer Adolf wurde 80 Jahre alt, obwohl er zuviel rauchte, und zu fett aß, seit er denken konnte. Außerdem soff er täglich zwei Flaschen Wein, außer, wenn er Durst hatte. Dann trank er nämlich vier. Und jetzt wurde er 80 Jahre alt. Weil Adolf eine Institution im Dorf war, wurde er fünf Tage lang gefeiert. Sonntag sollte der Höhepunkt der Geburtstagsfeier sein. Der Bürgermeister wollte kommen, der Pfarrer, der Vertreter vom Winzerverband, der Gesangsverein, der Landfrauenverband, der ...

Gisela schüttelte den Kopf, und drehte sich eine Zigarette. „Bin froh, wenn der Zirkus vorbei ist.“

Kurt klaute die Zigarette und erzählte, dass am Sonntag auch „irschend son Woikridiger“ vorbeikommen wolle.

„Auch das noch“ , gickelte Gisela. „Der wird viel Spaß mit Adolf haben!“

„Isch aach“, knurrte Kurt. Kurt war Winzer mit Leib und Seele. Schon als Bub hatte er im Keller seines Vaters herumexperimentiert. Sein Alter hatte ihn dabei aber nicht gefördert. Im Gegenteil. Der Senior war ein Winzer vom alten Schlag. Mit Frau, Sohn und Tochter unterhielt er sich nur in brüllendem Befehlston, der keinen Widerspruch duldete. Lebenslänglich hatte der alte Adolf eine lieblose Brühe zusammengebrutzelt mit dem Argument: „Dess mache mir schon immer so!“

Kurts Schwester haute zuerst ab. Sie ging weit weg, um Restaurantfachfrau zu lernen. Kurt erlernte im Rheingau den Beruf des Winzers, und als er den Gesellenbrief in der Tasche hatte, haute er auch ab. 20 Jahre lang zog er durch die Welt. Er hatte auf Weingütern in Österreich, in der Schweiz, in Frankreich, Spanien und Südafrika gearbeitet. Außer, dass er fachlich und menschlich viel lernte, war es aber überall das gleiche. Irgendwie blieb er überall, das was er war. Ein Rheinhesse. Kurt liebte seine Arbeit und den Wein, aber er hasste das affige Brimborium drumherum. Warum mussten Leute soviel über Wein babbeln, anstatt ihn einfach zu saufen?

Dann erreichte ihn in Südafrika ein Anruf von seiner Schwester. Mutter war tot. Sie hatte mit dem Traktor im Wingert gearbeitet. Der alte Bulldog kippte, überschlug sich und zerquetschte die Fahrerin. Kurt setzte sich ins Flugzeug, um rechtzeitig zur Beerdigung zu kommen.

Beim Prüfen der Papiere, die sie in alten Schuhkartons fanden, fielen die Geschwister aus allen Wolken. Seit Jahren hatten ihre Eltern nur noch von dem Geld gelebt, dass sie mit dem Verkauf von Bauplätzen verdient hatten. Dann kam der Irrsinn „Unser Dorf soll schöner werden“. Deswegen mussten sie Strassenanliegerkosten und Kanalsanierungsgebühren in Höhe von 100000 Euro bezahlen. Seitdem war der Betrieb verschuldet. Ansonsten bestand das „Weingut“ aus 150 Jahre alten, teils baufälligen Gebäuden. Der Maschinenpark war ebenso veraltet, wie die Kellertechnik.

„Solle mer’s trotzdem zusamme mache?“ , fragte Kurt seine Schwester Gisela.

Gisela sagte „ja". Sie hatte sich in einen Koch verliebt, mit ihm in Berlin ein schickes Restaurant betrieben, und war damit bankrott gegangen. Jetzt hatte sie die Faxen gründlich dick von blödsinnigen Fünf-Gänge-Menues und dummschwätzenden Restaurantkritikern.

Zuerst nahmen sie ihren Erzeuger in die Mangel. Sie zwangen ihn, sich aus allen betrieblichen Belangen komplett herauszuhalten. Und dann machten sie sich an die Arbeit. Das Konzept lautete: Einfacher guter Wein ohne Schnickschnack, und einfaches gutes Essen ohne „Ferz". Aber das war schwer. Durch idiotische Kochsendungen und blödsinnige Weinzeitschriften waren die Leute völlig versaut. Beim trinken verwechselten sie das Etikett mit dem Inhalt, und beim essen wollten sie Schnickschnack statt Qualität.

Dann bellte der Hund.

„Guude!", knurrte Kurt wütend, als der Landmaschinenvertreter im Hof stand.

„Guten Tag, ich stand eine halbe Stunde im Stau, hatte keinen Empfang und ..."

„Babbel net", knurrte Kurt, und führte ihn zum Keller. Schon der Anblick dieses geschniegelten Burschen mit Laptop war ihm zuwider. „Obacht!", warnte Kurt, aber – rumms - hatte sich der Vertreter schon die Stirn am niedrigen Kellereingang gestoßen.

„Guck der den Scheiß an!", knurrte Kurt, und zeigte auf die kaputte Abfüllmaschine.

„Ja, Herr Rebenlaus, das ist suboptimal gelaufen", laberte der Service-Manager. „Ich gebe zu, dass bei uns noch Prozesse optimiert werden müssen, weil wir gerade umstrukturieren. Zuerst wurde ihr Anruf von unserer Service-Hotline nicht korrekt weitergeleitet, dann hat der outgesourcte Montagedienst den falschen Chip eingebaut, dann haben sie nicht auf unsere E-Mail reagiert, und jetzt ..."

„ ... iss die Abfüllmaschin kabutter, als wie vorher!", brüllte Kurt, „obwohl euer Peife mit zwää Mann vier Schtund an der Maschin erumgekrutzt habbe!"

Servicemanager: „Ja das ist ..."

„Pusch!", brüllte Kurt wütend. „Dess iss Pusch!"

„Das können sie so nicht ..."

„Guck der die Maschin an!", knurrte Kurt und zeigte auf ein altertümliches mechanisches Gerät aus Gussstahl.

„Was ist denn das für ein Museumsstück?"

„Dess iss ä Etikettiermaschin Baujahr 1932!", schnaubte Kurt wütend.

„Sowas hab isch ja noch nie gesehen", staunte der studierte Maschinenbauingenieur.

Der Winzer legte eine Weinflasche in die Halterung, das kleine und große Etikett auf verschiedene Greifarme. Dann trat er auf ein Pedal. Der große Metallgreifer pappte das große Etikett auf die Flasche. Dann zog er einen Hebel, und der kleine Metallgreifer pappte das kleine Halsetikett auf die Flasche.

„Unglaublich", staunte der Servicedingsbumsmanager.

„Dess Ding", schrie Kurt wütend, „geht ohne Strom, iss 80 Jahr alt, unn war noch nie kabutt!!"

„Ja aber ..."

„Nix abber!", brüllte Kurt, „Isch zahl kä 900 Euro fer den Pusch!! Isch geb der 500! Abber erst, wenn die Maschin widder geht!"

„Das kann ich nicht adhoc entscheiden", stammelte der Vertreter eingeschüchtert, und versuchte panisch den outgesourcten Trouble-Shooting Management-Service anzurufen, aber im tiefen Keller gab es keinen Empfang. Er flüchtete hoch in den Hof, und stieß sich dabei den Kopf.

„Alles Arschlöscher!!“, brüllte Kurt. Vor kurzem hatte er 7500 Euro schwarz eingenommen. Das Geld war schon weg. Dringende Rechnungen. Fleißige Helfer wollten bezahlt werden, Handwerker forderten Geld für geleistete Arbeiten. Aber die nagelneue, sauteure Abfüllmaschine war der Tropfen, der das Fass zum Überlaufen brachte. Allein, wenn er die Worte „Umstrukturierung“, oder „Seerwiss-Mänätschment“ hörte, dann sah er rot.

„Neimoderne Ferz!!“, brüllte Kurt

Draußen knurrte der Hund, und der Vertreter hing in der Warteschleife. Als er mit zittrigen Knien zurück in den Keller kam, musste er verkünden, dass freitags mittags in der Firma niemand erreichbar sei, und ...

Kurt tobte wie ein Berserker im Keller herum, und zertrümmerte Paletten an der Wand.

Der Vertreter flüchtete wieder in den Hof, und stieß sich dabei den Kopf an der Kellertür. Draußen saß er in der Falle. Vor ihm stand Hofhund Melac, und hinter ihm polterte brüllend der Winzer die Kellertreppe hoch.

Kurz bevor Melac dem Vertreter die Eier abbeißen, und ihn Kurt in einem Weinfass ertränken konnte, wurde er von Schwester Gisela gerettet.

„Raus!“, sagte sie zu dem Vertreter.

„Aus!“, sagte sie zu Melac.

„Fahr Fahrrad!“, sagte sie zu ihrem Bruder, der gerade einen Prozess am Hals hatte, weil er einem saufrechen Weinkontrolleur eine gewaffelt hatte.

„Alles Arschlöscher!“, brüllte Kurt, zog sich um, und stieg auf sein Fahrrad. Das tat er immer, wenn er wütend war.

Das cholerische Talent hatte er von seinem Vater geerbt; dagegen konnte er nichts tun. Vor 30 Jahren war er immer, wenn ihn der Rappel packte, mit dem Moped nach Mainz gefahren, um Krach anzufangen. Das funktionierte damals todsicher. In solchen Läden wie dem „Mainzeldorf“ fand er immer welche, die sich gerne prügelten. Aus dieser Zeit hatte er als bleibende Andenken eine zweimal gebrochene Nase und eine dekorative Messernarbe im Gesicht. Heute, mit 48 Jahren, war Kurt schlauer. Wenn es soweit war, fuhr er eine Stunde Fahrrad, bis die Lungen pfiffen. Dann machte er eine Pause, fuhr langsam zurück, und arbeitete ruhig weiter.

Wie ein Stier trat er mit seinen 120 Kilo in die Pedale. Die mächtigen Oberschenkel stampften wie Kolben einer Dampfmaschine. Beim Berghochfahren robbte er mit seinen Pranken am Lenker, als wollte er das Ding abreissen. Jedes neumoderne Rennrad wäre unter dieser Belastung zerbrochen. Die teuren leichten Carbonrahmen hätten sich in Nullkommanix verzogen. Dieses Rad nicht. Es flatterte auch nicht, wenn er brüllend und tretend mit 85 Sachen den Berg herunterheizte. Es ging auch nicht kaputt, wenn er stürzte. Es war ein schweres, 35 Jahre altes Eddy-Merx-Fahrrad mit solidem Stahlrahmen und 12 Gängen, die Schaltung am Rahmen. Damit fuhr er eine Stunde lang die rheinhessischen Hügel platt, bis die Oberschenkel brannten, und vor seinen Augen kleine schwarze Punkte tanzten.

Kurz bevor es soweit war, geschah es. Er raste wie ein Irrer den betonierten Feldweg hinab. Um nicht aus der Kurve zu fliegen, legte er sich weit in die Schräge, und zog nach innen. Als er die entgegenkommende Radfahrerin sah, konnte er nicht mehr reagieren. Er riss den Lenker nach rechts, streifte ihr Vorderrad, die Radlerin stürzte, und Kurt hob ab wie eine Rakete.

Impressionen aus der Rheinland-Pfälzischen Landeshauptstadt

„Ei Guude“ grüßte Karl. „Derf isch misch dezu setze?“

Das Pärchen sah den Besucher wie einen feindlichen Eindringling an. Bisher hatten sie zu zweit einen ganzen Tisch besetzt. Missmutig machten sie Platz.

„Isses hier net schee?“, fragte Karl, aber die Stoffel guckten, wie Kühe, wenn es blitzt. Sie wollten nicht mit jemand reden, der Meenzerisch sprach, weil sie diese Sprache für furchtbar ordinär hielten.

Karl zuckte mit den Schultern, und genoss den Ausblick auf Schiffe, die den Rhein hoch- oder runtertuckerten. Direkt davor waren Fußgänger, Radfahrer, und Jogger unterwegs. Am meisten gefielen ihm krampfhafte Freizeitsportler in schreiend bunten Klamotten, die extra hier den Spazierweg entlang rasten wie die Irren, damit alle sehen konnten, wie schnell sie waren. Am Rücksichtslosesten waren Triathleten und Rentner mit pfeilschnellen Elektrofahrrädern. Die rannten und fuhren auch kleine Kinder über den Haufen.

„Frolleinsche! Dorscht!“, rief Karl zu der Bedienung, und bestellte einen Hirt-Gebhart.

„Schmeckt rischdisch guud“, prostete Karl den Schweigsamen zu, aber sie ignorierten ihn. Die beiden mochten Mitte dreißig sein, und redeten nichts. Anscheinend hatten sie sich nichts zu sagen. Beide starrten 90 Minuten lang zwanghaft auf ihre Smartphones, die vor ihnen auf dem Tisch lagen. Zwischendurch gaben sie ihren tausenden Facebook-Freunden Standortmeldungen ab, und twitterten die wichtige Botschaft in die Welt, dass sie gerade im Mainzer Bootshaus am Winterhafen saßen.

„Alla tschee!“, sagte Karl zum Abschied, und wünschte „weiderhin viel Schpass im Lebe“.

Damit schaffte er es immerhin, dass die beiden Liebenden miteinander sprachen.

Er sagte: „Was war denn das für ein Proll?“

Und sie sagte: „Ja, so was geht gar nicht.“

Dann starrten sie wieder wortlos auf ihre elektronischen Fußfesseln, die sie 24 Stunden täglich mit sich herumschleppten. Und das auch noch freiwillig!

Karl stiefelte Richtung Biergarten an der Mole und musste grinsen. Seit 2000 Jahren lebten die Mainzer am Rhein. Bis vor kurzem hatten sie diese Tatsache aber hartnäckig ignoriert. Sie versteckten sich lieber in Kneipen mit dunklen Butzenscheiben. Noch vor 20 Jahren musste man seine Getränke selber mitbringen, wenn man am Rhein einen saufen wollte. Jetzt gab es hier plötzlich eine Biergarteninvasion. Alle paar Meter machte ein neuer Biergarten auf. Und seit die Mainzer gehört hatten, dass es toll sei, am Wasser zu wohnen, seitdem wurden auf Teufel komm raus Wohnungen am Winterhafen gebaut. Es war nur eine Frage der Zeit, bis sich die neuen Bewohner über den Lärm und den Geruch der grillenden Studenten am Rheinufer beschweren würden.

Karl beobachtete grinsend, wie ein Student versuchte, mit drei Keulen zu jonglieren. Es war keine gelungene Vorstellung. Um eine Keule aufzufangen, machte er einen Ausfallschritt, und trat dabei barfuss in die glühende Holzkohle. Gleichzeitig knallte ihm eine abstürzende Keule genau auf den Kopf. Vor Schreck und Schmerz schleuderte er brüllend die aufgefangene Keule weg, und traf eine Studentin, die versuchte, auf einem gespannten Seil zwischen zwei Bäumen zu balancieren.

„Schtudenteköpp!“, lachte Karl, und ging ins Hyatt-Hotel auf die Toilette, weil sich seine prostatageschwächte Blase meldete. In der Lobby kamen ihm seltsame Gestalten entgegen. An den Füßen trugen sie die teuersten Schuhe, an den Händen die teuersten Ringe, und auf dem Kopf die teuersten Sonnenbrillen der Welt. Der Rest ihrer rätselhaften Erscheinung war in schwarzes Tuch gehüllt. Nur an den vergoldeten Handtaschen war zu erkennen, dass es sich um Frauen handelte. Wohlhabende Araber stiegen gerne im Hyatt ab, und mieteten ganze Etagen, um sich in Europa medizinisch behandeln zu lassen. Karl versuchte, sich Erna in einem schwarzen Tschador vorzustellen, aber es gelang ihm einfach nicht.

Am Saufstand der Mainzer Winzer vor'm Hyatt-Hotel traf er die üblichen Verdächtigen.

„De Heidel holt en neie Trääner“, sagte einer. „Der Tuchel babbelt die Borsch dot. Zu viel Tagdig, zu viel Fußballfilosofie. Die kenne kä Dore mehr schieße, weil se alsfort zugebabbelt werde. Weeste?“

„Meenste?“

„Jeden Daach schtundelang Schpielanalyse unn Tagdigschulung, dess wär zuviel, saache die Schpieler.“

„Dess wär mir aach zuviel“, stimmte Karl zu, und schlug vor, als neuen Trainer Werner Lorant zu holen.

„Wenn se den hole, dann geh isch nit mehr nuff!“

„Dess seeste schon seit 30 Jahr!“

Dann drehte sich die Diskussion um die „klimaneutrale Kofack-Arena“. Aus Umweltschutzgründen sollten im Stadion keine Plastikbecher mehr verwendet, Tofu- statt Feuerwürste gefressen, und absolutes Rauchverbot eingeführt werden. Und alle Zuschauer sollten mit dem Fahrrad zum Spiel fahren, zumal die Bundesbahn aus Personalmangel den Mainzer Bahnhof schließen wolle.

„Was fer'n Käs!", brummelte Karl, ergriff die Flucht, und strunzte kurz vor dem Fischtor in eine Hecke.

Prompt wollte ihm ein Depp das Pinkeln verbieten.

„Meenzer derfe dess!", fauchte Karl.

„Öffentliches Urinieren ist ein absolutes No-go!"

„Ich brunz schon länger hier in die Hecke, als wie Du uff de Welt bist!", erklärte Karl dem jungen Mann.

„Okäää!", sagte der Depp beleidigt, zückte sein Handy, fotografierte den Heckenpinkler, und rief die Polizei an.

„Volldepp!", brummelte Karl, und ging weiter.

Drei Minuten später hielt ihn eine Polizeistreife an.

„Wir haben einen Hinweis bekommen", erklärte der Polizist todernst, „dass ein älterer Mann vor kurzem öffentlich uriniert, und einen Passanten beleidigt hat. Die Personenbeschreibung passt auf Sie."

„Erstens tu isch nit uriniere, sondern brunze. Zwäddens dät isch misch als Bolizist schäme, wenn isch uff son Scheißdrecksbabbler höre dät!"

Der Polizist sagte, dass öffentliches Urinieren mit einer Strafe von 45 Euro geahndet werde.

„Wassen Kokolores" , sagte Karl, und erzählte, dass er pensionierter Polizist sei, und ...

Irgendwann winkte der Polizist genervt ab, machte die Scheibenwischerbewegung, und fuhr weiter.

„Die sinn all depp!", grummelte Karl Napp.

Die Stadt Mainz wurde immer langweiliger und austauschbarer. Es gab immer weniger originelle Meenzer, und immer mehr langweilige Mainzer. Seit neustem gab es sogar gehäuft vornehme Landeshauptstädter, die anderen das Pinkeln verbieten wollten. Diese Menschen sprachen keinen Dialekt mehr, sondern austauschbares Deutsch, garniert mit dummen englischen Phrasen. Sie laberten etwas von „No-go", und beendeten jeden Satz mit „ookää". Meistens konnte man sich mit diesen Menschen aber gar nicht unterhalten, weil sie pausenlos an ihren kindischen Smartphones herumfummelten.

Auch sonst rannten die Mainzer kritiklos hirnrissigen Modewellen hinterher. Jedes popelige Büro wurde zum „Kompetenzzentrum" aufgeblasen. Statt Hausmeistern gab es nur noch „Fäsilitimänätscher", und Schrotthändler waren jetzt vornehm im „Altmetall-Recycling-Management" tätig. Niemand wusste, was der Unfug sollte, aber alle machten mit.

Deshalb gab es immer weniger vernünftige Firmen und Geschäfte, sondern immer mehr Firlefanz. Es gab sogar rauchfreie Kneipen! Wahrscheinlich gab es in zehn Jahren gar keine Kneipen mehr, sondern nur noch Teestuben, in denen man fettarmen Diätfrass essen musste. Schon jetzt boten Wirte „Handkäse meditteran mit Aceto-Balsamico-Soße" an, aber ohne Zwiebeln, damit niemand furzte, weil rauchfreie Kneipen nicht nur nach Käsfüßen, sondern auch nach Zwiebelfürzen riechen. Und die ganz Vornehmen aßen sogar „Rheinhessisches Carpaccio" statt „Presskopp mit Öl".

„Alles Quatsch", murmelte Karl, und machte einen Abstecher zum Domplatz. Dort standen 1000 Zuschauer, und starrten fasziniert in die Höhe. Ein riesiger Kran wurde aufgebaut, um Renovierungsarbeiten am Domturm auszuführen. Karl stellte sich zu zwei Experten aus Kastel, die Touristen fachmännische Auskunft erteilten.

„Was wird denn hier gebaut?"

„Ei, die habbe die Flugroute übber Meenz geändert, unn jetzt wird die Schpitz vom Dom abgebaut, damit die Fliescher net dran hängebleibe, verschtehste?"

„Echt?", fragten die Touristen, und fingen an, wie bekloppt zu fotografieren.

„Ei sischer. Unn außerdem wird jetzt noch e Heizung bis enuff geleescht, damit sisch der arme Domsgickel im Winter nit de Arsch abfriert.“

Als die Besucher weg waren, sagte der Kasteler: „So Touriste glaube ja alles. Isch werd jetzt Schtadtführer.“

„Was iss dann dess jetzt?“, wunderte sich Karl erfreut, als er unter der Theodor-Heuss-Brücke entlang stapfte. Bis zum Kaisertor waren Weinstände aufgebaut. Aber zu früh gefreut. Anscheinend verwechselten die Mainzer jetzt auch beim Saufen das Etikett mit dem Inhalt.

Auf einer Rednertribüne stand nämlich das ganze „Kompetenzteam“ aus dem Mainzer Rathaus, und babbelte ein Blech ins Mikrofon, dass es einem beim Zuhören die Zehennägel nach oben bog. Abwechselnd und streng nach Parteiproporz droschen die Lokalpolitiker Phrasen, in denen es nur so wimmelte von Modewörtern wie „werthaltig“ und „nachhaltig“. Dezernent Sittich schoss den Vogel ab, als er todernst behauptete, dass mit solchen „werthaltigen Veranstaltungen der Wert der Marke Mainz nachhaltig gesteigert wird, und ...“.

„Dummbabbler!“, brummelte Karl, schnappte sich eine Informationsbroschüre, und ging weiter, während die Politiker auf der Bühne anfingen, Weinköniginnen abzuknutschten. Beim Lesen der Broschüre musste er brüllend lachen. In einer kriminellen Mischung aus deutsch und englisch hatte eine stadtnahe Werbeagentur denglische Phrasen zusammengenagelt, denen man entnehmen konnte, dass die „europäische Weinhauptstadt Mainz“ im Rahmen des „Great Wine Capitals Global Network“ diese Veranstaltung organisierte.

„Was Forzklobber!“, lachte Karl. Es war nicht zu fassen. Jahrhunderte lang hatten die Mainzer einfach viel Wein mit ein wenig Wasser in sich hineingeschüttet.

„Sauergeschpritzter“ nannte man dieses Nationalgetränk. Aber jetzt fingen sie an, winzige Mengen Wein aus riesigen Gläsern zu trinken. Und in vielen Kneipen wurden Gäste schräg angeguckt, wenn sie Weinschorle bestellten. Manche Bedienungen wussten auch gar nicht, was das ist. Und überall in der Stadt schossen wie Pilze „Vinotheken“ aus dem Boden.

„Hoho“, gickelte Karl. Inzwischen hatte er etwas noch blöderes als diese Broschüre entdeckt. Am Nebentisch saß eine Gruppe von Telekom-Unternehmensberatern, die eine „After-Work-Wine-Party“ feierten. Diese sprachgestörten Menschen konnten keinen vernünftigen Satz reden. Vom „Senior-Consultant“ bis zum „Chief-Assistent“ laberten sie nur hirnlosen Müll von „Modulen“ über „Buiseness-Case“ bis zu „Wörstkäs“, und ähnlichen Käse. Kein Wunder, dass Karls Telefon nicht funktionierte! Wie sollte irgend etwas funktionieren, wenn die Verantwortlichen den ganzen Tag so ein Blech daherbabbelten?

Fasziniert von dem Geschwätz der Unternehmensberater lief Karl zu seinem Grafiker in die Albinistraße: „Isch brauch neie Visitekärtscher!“

„Wozu brauchst du neue Visitenkarten?“

„Ei, weil isch die Firma umschtrukturiere will!“

„Karl, du hast ein kleines Detektivbüro und ...“

„Falsch“, verbesserte Karl. „Isch hab kä Bürro, sondern ab sofort en Kompetenzzentrum!“

„Von mir aus. Aber wozu soll der Quatsch gut sein?“

„Ei, isch mach dess jetzt genau so, wie die Telekom. Es werd so lang umschtrukturiert, bis gar nix mehr klappt!“

„Ruf misch an!“

Sein Glück war, dass er keine Klickschuhe trug. Die schlimmsten Unfälle geschehen mit diesen blödsinnigen Klickschuhen, weil sich Radfahrer beim Sturz nicht mehr vom Rad lösen können. Zur Sicherheit hatte Kurt altbackene Schlaufenpedale. Aus vielen Stürzen schlau geworden, zog er vor seinen rasenden Abfahrten einfach die Füße aus den Schlaufen.

In Zeitlupe war das sehr schön anzusehen. Das alte Eddy-Merxx-Fahrrad streifte das andere Rad, donnerte in den Straßengraben, und flog seitlich nach oben weg. Kurt hob senkrecht ab, löste sich beim hochfliegen von seinem Gefährt, und krachte dann wie eine 120 Kilo schwere Mörsergranate die Böschung hinab in den Wingert. Den ersten Wingertsstückel riss er einfach ab. Den zweiten Holzpfosten riss er um. Erst der dritte Pfosten stoppte den massigen Körper.

Als er zu sich kam, tat ihm nichts weh. Das war der Schock. Dann dachte er an die Radfahrerin. Er wickelte sich aus dem Rebendraht, und kroch auf allen Vieren den Hang zur Straße hoch.

„Iss der wass bassiert?“, fragte der Riese besorgt.

Das ist ein Alptraum, dachte die Frau. Sie lag unter ihrem Fahrrad. Soeben war sie brutal umgefahren worden, und der Kerl sagte allen Ernstes: „Dess war net moi Absischt. Isch hab halt net uffgebasst.“

Sie wollte ihn anbrüllen, ihn prügeln, ihn verklagen, die Polizei rufen, aber sie konnte nicht. Es war unwirklich. Der Riese mit den roten Haaren beugte sich besorgt über sie. Dabei tropfte Blut aus seiner Kopfwunde auf ihr T-Shirt. Er hob mit seinen riesigen Pranken das Fahrrad von ihr und fragte: „Kannste disch beweesche?“

Sie rappelte sich wütend hoch.

„Ah“, sagte er hocherfreut. „Nix gebroche. Da vorne kannste disch setze“. Er deutete auf eine Bank.

Gemeinsam schleppten sie sich zur Bank und sagten lange nichts. Sie hatte ein aufgeschlagenes Knie, und der Ellbogen blutete. Er hatte eine Kopfwunde, zerschrammte Hände, Prellungen und Abschürfungen am ganzen Körper. Außerdem war er dreckig, weil er im nassen Wingertboden gelandet war.

Unter ihnen schlängelte sich der Rhein Richtung Mainz. Man konnte sogar das romantische „Tuck-Tuck“ der Rheinfrachter hören, und in der Ferne erhob sich der zeitlos elegante Turm des Kernkraftwerks Biblis. Eine wunderschöne Aussicht.

Erst nach langem Schweigen fragte sie: „Was bist denn du für ein Depp?“

„Isch bin de Kurt“, sagte der blutende Depp, und streckte ihr seine Pranke hin.

„Petra“, sagte sie, und gab ihm die Hand.

„Soll isch en Krangewaache rufe?“, fragte Kurt.

„Für wen?“

„Ei, fer disch“

„Nicht nötig“, sagte Petra.

„Isch hab aach gar kä Händy debei“, erklärte Kurt.

„Ich auch nicht. Ich will ja Fahrrad fahren, und nicht telefonieren.“

Diese Antwort gefiel Kurt. Er mochte keine Radfahrer, die beim Rad fahren dauernd telefonieren, um anderen zu erzählen, dass sie gerade Rad fahren.

„Derf isch?“, fragte Kurt, kniete vor ihr, und untersuchte mit seinen Pranken erstaunlich behutsam ihr Knie. „Sieht wahrscheinlisch schlimmer aus, als es iss.“

Sie musste lachen, als sie in das blutende Gesicht und die besorgten Augen des knienden Riesen sah.

„Hoste Hunger unn Dorscht?"

„Abgesehen davon, dass ich eben beinahe umgebracht wurde, hab ich auch Hunger und Durst."

„Dann lad isch disch oi", sagte Kurt, und stand auf. Man sah, dass ihm jeder Schritt weh tat. Er tappte stöhnend über die Straße, und verschwand im Wingert. Kurz danach stapfte er wieder hoch. Auf seinem Rücken trug er das lehmverschmiertes Rad an die Straße, und öffnete die Satteltasche. Der Irre hatte einen Gepäckträger Marke Eigenbau an sein Rennrad gebosselt.

Kurt legte ein Geschirrhandtuch auf die Bank, ein Brot und luftgetrocknete Bratwürste. Dann zog er eine Flasche Riesling aus einer Kühlmanschette, und sagte: „Scheiße. Dess iss noch e Flasch mit Schtobbe, unn isch hab de Korkezieher vergesse. Seit letzt Jahr mach isch nur noch Woi mit Schraubverschluss. Isch bin nämlisch Winzer."

„Auch das noch", seufzte sie.

„Geht abber aach so", brummelte er, und demonstrierte eine traditionelle rheinhessische Öffnungszeremonie. Kurt nahm die Flasche in die Hand, und schlug das Kopfende mit voller Wucht im rechten Winkel gegen seine Stirn, um den Korken zu lockern. Erst danach drückte er mit dem Zeigefinger den Korken nach unten. Dann setzte er die Flasche an den Mund und gab dem Flaschenboden aufmunternde Klapse, damit der Korken nach oben rutschte.

„Alle Achtung", sagte sie beeindruckt, und dachte daran, mit wie viel Zinnober Siegfrieds edle Flaschen geöffnet wurden. Und Kurts Wein schmeckte sogar aus der Flasche, obwohl er auf dem Fahrrad wie blöd geschüttelt worden war.

„Gar nicht schlecht“, lobte sie.
„Kennste disch mit Woi aus?“, fragte Kurt, und legte die Kühlmanschette behutsam über ihr Knie.

„Ein wenig.“
Eigentlich redeten sie gar nicht viel. Das war auch nicht nötig. Ihre verschwitzten und verschrammten Körper sendeten in mächtigen Wellen biochemische Signale in die Unterleiber. Sie fühlte, wie ihre Schamlippen von körpereigenen Säften geölt wurden. Er fühlte, wie er einen Ständer bekam. Noch schlimmer waren die Augen.

„Derf isch disch berschte?“, schmachteten seine Augen.

„Spring mit mir in die Kiste!“, forderten ihre Augen.
Eigentlich hätten sie sofort übereinander herfallen sollen. Aber sie taten es nicht. Hilflos, verwirrt und sprachunfähig saßen sie schweigend nebeneinander.

„Ich muß jetzt nach Hause“, sagte sie traurig, um irgend etwas zu sagen.

Zum Abschied riss Kurt ein Stück Etikett von der Flasche, und kritzelte seine Telefonnummer darauf. „Ruf misch an, falls dess Knie genau so schlimm iss, wie’s aussieht“, sagte er, und hatte dabei einen Kloß im Hals.

Dann trennten sich ihre Wege. Sie fuhr langsam und eiernd zurück nach Hessen, weil sie einen Achter im Vorderrad hatte. Aber das kümmerte sie genau so wenig, wie ihr schmerzendes Knie. Dieser komische Urrumpel hatte sie nicht nur überfahren, sondern auch heftige Gefühlsaufwallungen ganz anderer Art bei ihr ausgelöst.

„Ruf misch an!“, seufzte Kurt. Er sah ihr verzaubert hinterher, quälte sich auf das Rad, und fuhr wieder in seinen Betrieb. Er war unfähig, an etwas anderes zu denken, als an die Frau, in die er sich soeben unsterblich verliebt hatte. Zuhause ließ er sich von Schwester Gisela verarzten, und schüttete sein Herz aus.

„Wer ist die Frau?"
„Sie heißt Petra, unn iss wahrscheinds verheirat, weil se en Ehering anhat. Mehr wääß isch net."
„Na herzlichen Glückwunsch", lachte Gisela. Unter seiner Fahrradhose wölbte sich eine riesige Beule.
„Hoffentlisch ruft die misch an!", seufzte Kurt, und versteckte seinen Ständer hinter einer geräumigen blauen Latzhose. Aber der Ständer ging nicht weg.

Schon in Bodenheim rief sie an. Aber sie rief nicht diesen wahnsinnigen Kurt an. Sie ließ ein Taxi rufen, weil ihr Knie dick wurde und anfing, zu hämmern.
„Brauchste dess Taxi sofort?", fragte Winzer Adi besorgt. Er sah auf ihr blutendes Knie und den Ellbogen.
„Nä", sagte sie auf meenzerisch. „Zuerst brauch isch en Handkäs, unn en sauergeschpritzte Riesling."
Auf der Toilette wusch sie sich das Blut ab, sah in den Spiegel, und musste lachen. „Du bist in diesen Kurt verliebt", sagten ihre Augen im Spiegel.
So konnte sie nicht zu Siegfried kommen. Nicht mit diesen Augen. Deshalb aß sie zuerst einmal den besten Handkäse in 30 Kilometer Umkreis und trank zwei Weinschorle dazu, um sich zu beruhigen. Sie musste nachdenken.
„Unglaublich", murmelte sie kopfschüttelnd. Noch nie im Leben hatte sie einen Mann kennen gelernt, der so gut roch. Schmerzendes Knie hin, oder her. Allein der Gedanke an Kurts Körpergeruch ließ 15 Zentimeter unterhalb ihres Bauchnabels wollüstige Säfte sprießen und ...
„Taxi!", rief jemand, der in den alten kopfsteingepflasterten Hof kam.

Sie ließ das Fahrrad einladen, und sich nach Hause kutschieren. Aber eigentlich wollte sie gar nicht nach Hause. Sie wollte nicht zu Siegfried. Was sollte sie in diesem unpersönlichen, gefühllosen Protzbunker?

„Wo warst du so lang?“, fragte Siegfried.
„Ich hab nicht aufgepasst, und bin gestürzt.“

Siegfried war nicht begeistert. Er maulte wegen Sonntag. „Wie soll das gehen? Eine Weindegustation, und du siehst aus, wie vom Traktor überfahren!“

„Ich muss ja den Wein nicht mit dem Knie ausschenken!“, blaffte sie zurück, und zeigte ihre unverletzten Hände.

„Trotzdem“, meckerte Siegfried. „Dein Knie und der Ellbogen werden auf den Pressefotos richtig scheiße aussehen!“

Arschloch!, dachte sie wütend, zerrte ihren Krempel aus der Satteltasche, und humpelte zur Dusche. Vor lauter Ärger merkte sie nicht, dass sie dabei einen Fehler machte. Kurts Etikett zerriss. Ein Stück davon blieb in der Satteltasche.

Siegfried schob ihr Fahrrad in die große Maschinenhalle neben den sündhaft teuren Fendt-Schmalspurschlepper. Nach alter Gewohnheit kontrollierte er zuerst misstrauisch den Tachostand des Fahrrads, und wühlte dann in der kleinen Tasche unter dem Sattel. Er fiel aus allen Wolken, als er den abgerissenen Fetzen von einem Weinetikett fand. Vor allem, als er las, was irgend jemand mit Kuli auf die Rückseite gekritzelt hatte.

„Du dreggische Schlamp!“, zischte Siegfried, weiß vor Wut.

Die Wahrheit über die Europäische Weinhauptstadt Mainz

Nach dem dritten Schoppen kam ein Bekannter, und erzählte die Geschichte der Mainzer Weinkelter.

Der Winzerverein wollte der bankrotten Stadt etwas gutes tun, und ihr zwei alte Weinkeltern schenken, um sie an einem schönen Platz aufzustellen. Am sinnvollsten natürlich vor dem Hyatt-Hotel, wo die Winzer ihren Weinstand haben.

Danke, sagten die Stadtoberen, und stellten die Keltern in der Halle vom Grünamt ab. Als die Winzer nachfragten, erfuhren sie, dass sich Bau- Grün- und Kulturamt darum stritten, wo man die Keltern aufstellen könnte. Zuerst sollten die Keltern aber renoviert werden. Drei alte Holzstücke mussten durch neue ersetzt werden. Also wurde ein Restaurator gerufen. Als der Restaurator mit seinem Werkzeug anrückte, erteilte ihm das Grünamt Arbeitsverbot. Begründung: In einer Lagerhalle darf aus Sicherheitsgründen nur gelagert, aber nicht gearbeitet werden. Also wurden die Keltern woanders hin geschafft. Dort blieben sie ewig stehen, weil sich die Ämter immer noch nicht einigen konnten, obwohl sie einen „runden Tisch“ und eine „Weinpressen-Task-Force“ gebildet hatten. Erst ein „Kompetenzteam“ unter Leitung der Baudezernentin schaffte es schließlich, einen Platz zu finden: Auf dem winzigen Grünstreifen zwischen Hilton und Spielbank, mitten auf der vierspurigen Rheinstraße. Da schworen die Winzer, der Europäischen Weinhauptstadt Mainz nie wieder etwas zu schenken. Noch nicht einmal einen Korkenzieher.

„Ho-Ho“, lachten Karl und der Graphiker.

„Isch bring die Schlamp um!“,

brüllte Siegfried, und meinte damit seine Frau. Siggi hatte auf der Weinbaufachhochschule in Geisenheim „Oenologie“ studiert. Eigentlich hatte er sich sorgfältig den Rheingauer Dialekt abgewöhnt, weil er seine Muttersprache für ungeheuer provinziell hielt. Er sprach deutsch, englisch und französisch. Er konnte sich mit Ärzten, Juristen, Politikern und Unternehmern unterhalten, die seinen Wein kauften. Er verkaufte seinen Riesling in ganz Europa, Japan, und sonst wo. Er saß mit Joschka Fischer im Flugzeug nach New York, um seinen Riesling anzupreisen. Er machte überhaupt eine gute Figur in der schönen neuen Welt des hochpreisigen Deutschen Weines.

Aber jetzt wollte er seine Frau umbringen. Er wollte sie wirklich umbringen, wenn sie tat, was er vermutete: ihn betrügen.

„Isch mach se dot!“, brüllte der Winzer. Es war Nacht. Er war allein in seinem riesigen, hochmodernen Keller. Er brüllte die großen Stahltanks an, und die alten Holzfässer. Niemand hörte ihn. Auch der hochmoderne temperaturgesteuerte Rotweingärtank für 65000 Euro gab keine Antwort. Siegfried war allein, betrunken und redete wirr. Vor lauter Aufregung fiel er immer wieder von der deutschen Sprache in seinen verleugneten Dialekt.

„Isch mach se dot!“, wiederholte er und schenkte sich noch einen ein. Und noch einen. Je betrunkener und wütender er wurde, desto mehr blätterte der ganze moderne Lack von ihm ab. Er vergaß alles, was er außerhalb seines Elternhauses gelernt hatte. Er vergaß, dass man als Winzer nicht mehr nach dem Motto „Liebe vergeht, aber Hektar besteht", lebte. Er vergaß, dass Frauen nicht mehr das Eigentum von Männern waren.

Er war wütend, weil sie immer seltener mit ihm schlief, und immer noch keinen Sohn geboren hatte. Er war wütend, weil sie ihm nicht mehr gehorchte. Er wollte eine Frau, die ihm gehorchte, und einen gehorsamen Sohn, der den Betrieb übernahm! Er wollte, dass sein Lebenswerk weitergeführt wurde! 20 Jahre seines Lebens hatte er dafür geschuftet, um aus einem kleinen Familienbetrieb ein weltweites Aushängeschild des Rheingauer Rieslings zu machen. Und jetzt das!

„Die Schlamp!", brüllte Siegfried mit Tränen der Wut und des Selbstmitleids in den Augen. Immer wieder starrte er auf diesen Papierfetzen. Soviel war klar: Es handelte sich um den abgerissenen Fetzen eines Weinetiketts. Es war ein altbackenes Etikett im Stil der Fünfziger Jahre. Man sah noch den Rest eines Weinfasses mit Reben drumrum. Aber man sah keinen Namen, keinen Ort, nichts. Dafür gab es auf der weißen Rückseite ein mit Kuli gekritzeltes Herz zu sehen! Daneben die ungelenke Zeichnung eines bärtigen Mannes! „Schmeckt dir moi Woi?", stand unter dem Gesicht! Und daneben stand: „Bitte ruf mich an!!!" Darunter war eine Festnetztelefonnummer gekritzelt. An dieser Stelle war der Zettel aber abgerissen. Man sah nur die beiden Anfangsnummern. Sie lauteten: 06 ...

Siegfried kombinierte messerscharf, dass ihn seine Frau mit einem Winzer betrog! Mit einem Winzer!! Das war der Gipfel der Demütigung!!!

„Dess iss moi Fraa!", brüllte Siegfried, und zerschmetterte sein Glas an einem Stahltank. „Unn dem Schwippschwacher schneid isch de Schwanz ab!"

Aber bevor Siegfried seinen afghanisch-rheingauerischen Ehrenmord begehen wollte, brauchte er Klarheit.

Wieder nüchtern, dachte er am nächsten Tag über die bestmögliche Vorgehensweise nach. Zuallererst musste er seiner Frau Untreue nachweisen! Wie sollte er das tun? Er hatte einen 16-Stunden-Arbeitstag. Wie sollte er da seine Frau und ihren Liebhaber auf frischer Tat ertappen, um beide im Affekt totzuschlagen?

Aus Sorge um seinen Ruf wollte Siegfried weder einen unbekannten Privatdetektiv anrufen, noch seinen Anwalt mit der Sache beauftragen. Mit seinem Anwalt verkehrte er auch privat. Er wollte kein Gerede. Tiefbach war ein Ort voller Neider und gehässiger Klatschmäuler.

Nach langem Nachdenken kam Siegfried auf die dümmste Idee, auf die er kommen konnte. Er rief den „Ölprinz" an. Der Ölprinz war der Haus- und Hofanwalt der Mainzer Handkäsmafia. Er hieß so, weil er seine dünnen Haare mit viel Gel zu einem öligen Zöpfchen frisierte. Ansonsten war er das anerkannt größte Klatschmaul von ganz Mainz. Früher hatte der Anwalt Bier gesoffen wie ein Loch. Heute trank er lieber teuren Wein, weil das in war. Früher war er fanatischer Anhänger von Eintracht Frankfurt gewesen, aber heute gab er sich als überzeugter Anhänger von Mainz Nullfümf.

Siegfried hatte einmal einen Mainzer „Top-Gastronomen" mit Wein beliefert, der aber nie bezahlte. Der Ölprinz hatte die Sache juristisch elegant geregelt, und sich mit Riesling bezahlen lassen. Seitdem hatte der Winzer die Privatnummer des öligen Prinzen. Er rief an und fragte: „Bist Du allein?"

„Ei sischer bin isch allein!", sagte der Ölprinz und stellte das Handy auf laut, damit die ganze Vip-Lounge in der Cofack-Arena mithören konnte.

„Ich habe den Verdacht, dass mich meine Frau betrügt“, sagte Siegfried ernsthaft.

„Den Verdacht haben alle Ehemänner!“, warnte der Anwalt, und im dem Moment fing die ganze Handkäsmafia an, zu grölen.

„Ui, ui , ui , ui“, riefen alle Männer.

„Au, au, au, au“, lachten alle Frauen.

Hört hier jemand mit?!“, fragte Siegfried misstrauisch.

„Quatsch“, log der Anwalt. „Hier wird nur gejubelt, weil Noveski wieder ein Eigentor geschossen hat“.

Siegfried: „Jedenfalls brauche ich einen guten Privatdetektiv. Es geht um meinen Ruf! Kannst du mir einen empfehlen?“

„In ganz Mainz“, erklärte der Anwalt, „kann es nur einen geben, den ich mit gutem Gewissen empfehlen kann.“

„Ist der Mann diskret?“, fragte Siegfried.

„Absolut“, sagte der Ölprinz, und hielt dabei die Luft an.

„Wir sehen uns morgen auf meiner Weindegustation?“, fragte Siegfried.

„Auf jeden Fall“, ölte der Prinz.

Eine Minute später tobte die ganze Vip-Lounge der Kofack-Arena so laut, dass sogar die Ultras vor Neid erblassten.

Grund: Der Anwalt hatte die Handkäsmafia darüber informiert, dass der Mainzer Privatdetektiv Karl Napp Siegfrieds Frau beschatten sollte. Es war Samstag, 16:05 Uhr.

„Iss jemand geschtorbe?“,

fragte Karl, als er Ernas Gesicht sah. Irgend etwas furchtbares musste passiert sein.

Erna: „Viel schlimmer!“

„Was?“

„De Karl-Heinz unn die Moni komme uff Besuch!“

„Nä!“, sagte Karl, und wurde kreidebleich.

„Doch!“

„Wann?“

„Heut! In ner halb Schtund sinn se do.“

„Um Goddes Wille!“

„Drick misch emol“, forderte Erna von ihrem Mann und Karl nahm seine Frau ganz fest in den Arm. Vereint in Schmerz und Trauer hielten sie sich eine Zeit lang fest.

Kein Mensch auf der Welt hatte einen Sohn verdient wie Karl-Heinz Napp Mahlzahn, oder eine Schwiegertochter wie Monika-Ellen Napp-Mahlzahn. Ganz zu schweigen von deren verzogenen Rotzlöffeln Gwendolyn-Virginia und Jean-Baptist Napp-Mahlzahn.

„Unn die Enkel?“, fragte Karl mit Panik in den Augen.

„Die komme zum Glick net!“

„Uff!“, stöhnte Karl erleichtert. Wenigstens etwas.

„Isch mach äfach nix zu ęsse“, schlug Erna vor. „Dann bleibe se vielleischt net so lang.“

Oberstudienrat Karl-Heinz lungerte gerade auf einem Lehrerfortbildungsseminar im Taunus herum. Sozialpädogogin Moni hatte sich krank schreiben lassen, um mitzufahren, und ihre Mutter in Wiesbaden zu besuchen. Gemeinsam waren sie auf die hirnrissige Idee gekommen, in Mainz einen Anstandsbesuch zu machen.

Normalerweise trieben sie in Marburg ihr Unwesen. Die beiden Nichtraucher, Vegetarier und Antialkoholiker hatten zwar keine Selbstironie, aber hohe moralische Ansprüche, vor allem gegenüber anderen. Überhaupt fühlten sie sich am wohlsten, wenn sie anderen Menschen etwas verbieten konnten.

„Guude!“ , brummelte Karl, als sie kamen.

„Wir haben leider nur zwei Stunden Zeit“, sagte Karl-Heinz zur Begrüßung.

„Schade“, log Erna.

Ungefragt berichteten Moni und Karl-Heinz von ihren politischen Erfolgen in Marburg.

Karl-Heinz: „Ich habe eine Nichtraucherinitiative gegründet. Wir gehen nachts durch Marburg, und zeigen Wirte an, die gegen das Rauchverbot verstoßen.“

Du Arschtörtsche!, dachte Karl, sagte aber nichts.

Moni: „Ich habe erreicht, dass in unserer Kantine nur einmal in der Woche Fleisch angeboten wird. Rassistische Scheiße wie Zigeunerschnitzel und Negerküsse sind endlich komplett verboten!“

Deppschees!, dachte Erna, schwieg aber.

Karl-Heinz: „Um die Kinder zu schützen, habe ich jetzt durchgesetzt, dass unser Schulfest komplett alkohol- und nikotinfrei ist. Das ist bundesweit wegweisend.“

Moni, stolz: „Wir haben unseren Nachbarn angezeigt. Die alte Umweltsau hat Hecken im Garten verbrannt!“

Disch sollt mer vielleischt aach ..., dachte Karl.

Karl-Heinz: „Ich hab meine Fraktion endlich so weit, dass wir die 0,0 Promillegrenze für Radfahrer fordern.“

„Tschee!“, brummelte Karl, als sie gingen.

Erna warf das Geschenk von Moni in den Mülleimer.

Karl: „Was gibt's dann heit zu esse?“

Erna: „Zigeunerschnitzel, Mohreköpp, zwää Flasche Woi, unn hinnerher ä guud Zigarr!“

„Bummm“,

machte der alte Lanz-Bulldog, als jemand am Sonntag Morgen um 4:30 Uhr an seinem Schwungrad drehte. „Bumm, Bumm“, sagte der Traktor nach der zweiten Umdrehung. „Bumm, Bumm, Bumm, boähr“, kotzte der Lanz, als der Drehschlüssel aus dem ausgeleierten Lager rutschte.

Erst nach der achten Umdrehung sprang die alte Maschine an, dann war sie aber nicht mehr zu bremsen. Der Maschinist setzte sich auf den Sitz, und donnerte im Zeitlupentempo mit einem Höllenlärm durch Harxheim und Mommenheim. Hinter sich zog er einen Anhänger, auf dem zwei Sitzbänke und ein Tisch fest montiert waren. Unter dem Tisch lag ein 15 cm dicker Baumstamm. Daneben standen eine Kiste Wein, Tresterschnaps und Gläser. Egal, durch welche Gasse er fuhr, überall gingen die Lichter an. Zugezogene Städter, die solche unheimlichen Geräusche noch nie gehört hatten, riefen die Polizei an, twitterten aufgeregt, glaubten an Erdbeben, beschwerten sich über die Verletzung des Nachtflugverbots, gründeten neue sinnlose Internetforen. Um den Lärmpegel zu erhöhen, stieß der Bulldogfahrer dauernd in ein altes verbeultes Jagdhorn.

Überall, wo der Traktor hielt, kamen Männer in grüner Tarnkleidung aus den Häusern und stiegen auf den Anhänger. Alle waren bewaffnet. Einige hatten großkalibrige Gewehre, die meisten trugen Knüppel.

Der Traktor fuhr zu dem Wald hinter Mommenheim. Dort stiegen alle ab, tranken zwei Schnäpse und sangen im Chor: „Schieß dem Wolf, schieß dem Wolf, schieß dem Wolf die Därm eraus!“

Anschließend verteilten sie sich im Gelände. Auf das Signal aus dem Horn hin, setzten sie sich in Bewegung. Es war sechs Uhr morgens. Die Treibjagd begann.

Gegen sieben Uhr hallten erste Schüsse durch die liebliche rheinhessische Landschaft. Der einzige, der sich nicht an der Jagd beteiligte, obwohl er ein leidenschaftlicher Jäger war, war der Bulldogfahrer und Hornbläser. Er saß auf dem Traktor, rauchte Stumpen und wartete auf seine Jagdfreunde. Er war nicht mehr gut zu Fuß. Erstens war er schon seit Tagen am Feiern. Das war anstrengend. Zweitens war er seit fünf Jahren gehbehindert. Auch damals hatte er seinen Geburtstag mit einer Treibjagd gefeiert. Mit viel Restalkohol im Blut stapfte er über einen frisch gepflügten Acker. Weil es regnete, trug er die geschulterte Flinte mit dem Lauf nach unten. Als er auf dem glitschigen Boden ausrutschte, und hinfiel, löste sich ein Schuss, und zerfetzte ihm den rechten Fuß.

Seitdem hatte er einen Klumpfuß und humpelte stark. Aber so was konnte vorkommen und war noch lange kein Grund um die Lebensfreude zu verlieren. Adolf, so hieß der Jäger, war eben eine rheinhessische Frohnatur.

„Haha!", lachte Geburtstagskind Adolf, als seine Freunde um 11 Uhr zum Traktor kamen.

Die Jagd war erfolgreich gewesen. Vier Schützen und 12 Treiber hatten gemeinsam einen Karnickel erlegt. Die Schützen hatten unter enormem Munitionsverbrauch gar nichts getroffen, außer einem Kollegen, dessen dicker Mantel aber die Schrotkugeln aufgefangen hatte. Der aufgescheuchte Karnickel war von einem Treiber mit dem Knüppel erschlagen worden.

Die Jäger legten die Beute auf den Boden und stellten sich im Halbkreis davor. Adolf blies auf seinem Horn das „große Halali“. Dann soffen alle Tresterschnaps, und füllten wieder die Gläser für ein ganz besonderes Jagdritual.

„Uff die Knie!“, kommandierte Geburtstagskind Adolf. Jetzt mussten die erfolglosen Schützen mit ausgeklappten Gewehrläufen vor den erfolgreichen Treibern knien, und die hintere Öffnung mit dem Daumen zuhalten.

„Ein Jäger aus Kurpfalz!“, sangen die Treiber, und kippten den Inhalt ihrer gefüllten Schnapsgläser in die Gewehrläufe der Jäger.

„ ... der reitet dorsch die Erbsesupp, unn schießt die Werschtscher raus ...“ , sangen die Schützen.

„Gleisch, wie es ihm gefällt!“, sangen die Treiber.

Dann hielten die Jäger ihre Gewehrläufe an die Münder und saugten den Schnaps in sich hinein, der widerlich nach Schießpulver stank. Manche würgten dabei, einer musste kotzen. Um den ekelhaften Geschmack zu vertreiben, tranken alle auch noch die zweite Flasche Schnaps aus. Anschließend stiegen sie auf den Anhänger, und fingen an, Wein zu saufen. Die drei ältesten Jäger durften mit dem Auto hinter dem Traktor herfahren. Ihre alten Bandscheiben vertrugen nicht mehr das Gehoppel auf dem ungefederten Anhänger. Dabei kam es zu einem kleinen Blechschaden. Ein Betrunkener auf der Rückbank verlor den Überblick. Er hielt sich an seiner Waffe fest, und als das Auto durch ein Schlagloch fuhr, löste sich ein Schuss. Haarscharf an seinem Ohr vorbei, durchschlugen die Schrotkugeln das Dach von dem nagelneuen Mercedes-Geländewagen.

Winzer Adolf steuerte den Lanz-Bulldog zurück nach Harxheim in seine Straußwirtschaft. Um die erfolgreiche Jagd zu verkünden, blies immer wieder ins Horn.

Im Dorf ließ er sich etwas besonderes einfallen. Er stellte den Traktor weit vor der Straußwirtschaft ab. Dann band er den kleinen Karnickel an den drei Meter langen Baumstamm, den zwei Mann schulterten. Dahinter formierten sich die Männer in Zweierreihen. Vom humpelnden Adolf angeführt, prozessierten die Jäger im Gleichschritt durch den Ort und sangen.

Adolf: „Der böse Wolf, er ist jetzt doot!“

Chor: „Vorrüber ist der Bauern Noot.“

Adolf: „Der Wolf, er starb im Morgengrau’n.“

Chor: „Jetzt jubeln Männer, Kinder, Frau’n.“

Die eingeborenen Harxheimer lachten und klatschten Beifall. Nur die vielen zugezogenen Lehrer, ZDF’ler und Lufthansamitarbeiter, die sich in Harxheim eingenistet hatten, fanden die Jagdprozession gar nicht witzisch. Vor allem engagierte Tierschützer waren betroffen und empört, weil der tote Karnickel im Triumphzug durch den Ort geführt wurde. Die Prozession dauerte lange, weil die stolzen Jäger ihre Beute durch den ganzen alten Ortskern trugen. Erst danach kehrten sie im Weingut Rebenlaus ein.

„Wo zum Teufel ist Harxheim?“ ,

fragte der Weinkritiker Doktor Heribert Schtolte.

„Woher soll ich wissen, wo dieses Kaff liegt!“, keifte Marianne Schtolte zurück. Marianne war Anfang vierzig und sah zehn Jahre älter aus, weil sie seit 15 Jahren in der irren Anstalt auf dem Mainzer Lerchenberg herumlungerte. Dort hatte sie zwar nichts zu tun, bildete sich aber furchtbar viel darauf ein, „beim Fernsehen zu arbeiten“. Außerdem war sie schlecht gelaunt, weil sie gerade Diät machte. Genau genommen, war sie immer schlecht gelaunt, weil sie dauernd Diät machte.

„Ich frag das Navi“, entschied Heribert.

„50 Kilometer geradeaus!“, sagte das Navi und schickte den Fahrer auf die A63 Richtung Kirchheim-Bolanden.

„Harxheim liegt ja am Arsch der Welt“, wunderte sich Heribert.

Marianne, agressiv: „Wer von uns fährt zurück?!“

„Ich muss beruflich Wein trinken“, behauptete Heribert und fügte hinzu: „Außerdem machst du Diät!“

„Immer muss ich zurückfahren!“, meckerte Marianne.

„Der Typ soll guten Wein machen“, behauptete Heribert.

„Pah!“, zischte Marianne. „Deine Kollegen werden zu namhaften Top-Winzern geschickt, und du musst zu so einem No-Name-Bauern in die Provinz!“

Heribert sagte nichts. Er ärgerte sich, weil ihn die Chefin zu einem Winzer schickte, von dem er noch nie etwas gehört hatte. Er stellte sich einen rheinhessischen Winzer vor, der in breitestem Dialekt in einer rustikalen Straußwirtschaft literweise Weinschorle ausschenkte und riesige Hackbraten auf den Tisch stellte.

„Wahrscheinlich gibt's da Wein aus Literflaschen und kiloschweren Hackbraten, der in ungesundem Fett schwimmt!", keifte Marianne.

„Reg dich nicht so auf, Hasi", murmelte Heribert.

Marianne Hasi Schtolte hatte von Essen und Trinken überhaupt keine Ahnung. Ihre Geschmacksnerven waren durch fettlosen Diätfrass vollständig zerstört. Im Moment machte sie gerade die Rukola-Salat-Sommerdiät, was ihrem abgedörrten Gesicht das Aussehen eines halbverhungerten Hasen gab.

„Ich reg mich aber auf!", regte sich Hasi auf.

Je mehr sich Marianne aufregte, desto mehr steigerte sich auch Heribert in übelste Befürchtungen. Noch schlimmer wurden seine Befürchtungen, als sie in Harxheim gelandet waren, und das Navi den Winzer nicht fand.

„Was für ein Kaff!", zischte Marianne hochnäsig. „Das ist ja ein absolutes No-Go!"

Am Friedhof kurbelte Heribert die Scheibe herunter und fragte eine alte Frau nach dem Weingut Rebenlaus.

„Kenn isch net", sagte die alte Frau.

„Doch!", widersprach Heribert. „Weingut Kurt Rebenlaus in der Nasengasse!"

„Do gebt's kä Rewelaus!"

„Muss es aber geben!", beharrte Heribert.

„Babbel net so dumm! Isch leb do seit 75 Johr. Isch wääß besser als wie Du, wer do wohnt!"

Dann zeigte sie ihm den Vogel und ging mit ihrem Gießkännchen weiter Richtung Friedhof. Im Weggehen deutete sie auf Heriberts Mainzer Autokennzeichen und murmelte auf gut pfälzisch „bleeder Schtädter".

„Das fängt ja gut an!", regte sich Marianne auf.

Heribert fragte noch zwei Passanten, aber niemand im Ort kannte den geheimnisvollen Kurt Rebenlaus.

„Ruf den Winzer an!“, zischte Marianne.
„Das tue ich nicht!“, tobte Heribert. Er wollte nicht, dass ihn der Winzer für blöd hielt.

Schließlich sah er einen alten Mann, der friedlich im Garten vor sich hin knorzelte. Heribert machte eine Vollbremsung, rannte über die Straße, rüttelte unhöflich am Gartenzaun, und hielt dem Mann das Blatt Papier mit der Adresse des Winzers vor die Nase.

„Wo ist die Hasengasse? Ich suche den Winzer Kurt Rebenlaus in der Hasengasse 8 in Harxheim!“

Der alte Mann nahm das Blatt, zog die Lesebrille aus seiner Brusttasche, setzte sie umständlich auf die Nase, und fing an, zu lachen.

„Was gibt's da zu lachen?!“, regte sich Heribert auf.
„Konnsch Du lese unn schreiwe?“, fragte der alte Mann.
„Was soll das heißen?“, fragte Heribert empört. „Ich bin Doktor der Germanistik!“

„Awwer zu bleed, um ä Navi zu bediene!“
„Wie meinen Sie das?!“, fauchte Heribert beleidigt.

„Wo sind Sie hier?“, fragte der pensionierte Lehrer in korrektem Deutsch, und stellte seinen Spaten beiseite.

„In Harxheim!“, bellte Heribert.
„Sind Sie hier in 55296 Harxheim bei Mainz, oder in 67308 Harxheim bei Kirchheim-Bolanden?“

„Äh“, stotterte Heribert. Er kam er sich vor, wie ein Bub, der seine Hausaufgaben nicht gemacht hatte.

„Sehen Sie hier Weinberge?“
„Nein“, sagte Heribert kleinlaut, und sah in die Felder über dem Dorf. Sogar als Weinkritiker konnte er erkennen, dass dort irgend etwas rübenartiges angebaut wurde, aber mit Sicherheit keine Reben.

„Ich fasse zusammen“, sagte der alte Lehrer, und zeigte mit dem Zeigefinger auf Heribert. „Sie sind

Mainzer, aber nicht in der Lage, den rheinhessischen Ort Harxheim in der Nähe von Mainz zu finden!“

Heribert nickte schuldbewusst.

„Obwohl Sie als Germanist die Geschichte der deutschen Sprache studiert haben, sind Sie zu blöd, um rheinhessisch von pfälzisch zu unterscheiden?“

„Jawoll“, gab Heribert schuldbewusst zu.

„Sie sind sogar zu dumm, um ein Navi zu bedienen, weil sie nur den Ort, aber nicht die Postleitzahl eingeben?“

Heribert nickte schuldbewusst.

„Sie sind eine Schande für die menschliche Gattung des Homo Sapiens. Meinen Sie, dass unsere Vorfahren den Weg von Afrika bis hierher gefunden hätten, wenn sie sich so blöd drangestellt hätten, wie Sie?“

„Nein“, sagte Heribert überzeugt und senkte den Kopf.

„Mit was verdienen Sie eigentlich ihr Geld?“

„Ich bin Weinkritiker“, stotterte Heribert.

Der Lehrer zeigte auf den Weinstock, der sich an seiner Garage entlang schlängelte. „Was ist das für eine Rebe?“

„Äh“ , rätselte der Weinkritiker.

„Ungenügend! Setzen!“, sagte der pensionierte Erdkunde- und Geschichtslehrer.

Wie ein geprügelter Hund schlich Heribert zum Auto.

„Und?“, fragte Marianne.

„Der hat mir erklärt“, log Heribert, „dass die Software vom Navigationsgerät falsch programmiert ist. Deshalb landen dauernd Autofahrer im falschen Harxheim.“

Dann tippte er die richtige Postleitzahl ein. Gehorsam führte sie das Navi wieder zurück Richtung Mainz nach 55292 Harxheim. Dort gab es sogar eine Hasengasse und den Winzer Kurt Rebenlaus.

„Wir kommen zu spät!“, meckerte Marianne.

„Das ist ein Rheingauer Riesling mit unverwechselbarem Charakter!“,

behauptete der Schwätzer so laut, dass alle seinem Gebabbel zuhören mussten.

„Sie sagen es“, stimmte die Winzerin zu, und schenkte nach. Der Weinkenner hatte nicht bemerkt, dass er keinen Riesling, sondern Grauburgunder trank. Seine Zuhörer merkten es auch nicht. Alle schwenkten den Burgunder im Glas herum, schoben winzige Schlucke in den Mund, kauten 32 Mal darauf herum, und lobten den ach so guten Riesling in den höchsten Tönen.

Einen Tisch weiter entwickelten sich Fachdiskussionen. Angebliche Kenner und Liebhaber übertrumpften sich gegenseitig mit geschwollenen Phrasen. „Dieses Rheingauer Terroir! Dieses unverkennbare Aroma von unreifen Aprikosen tapeziert im Abgang unnachahmlich den Gaumen! Kööstlich.“

Noch schlimmer waren Experten, die dauernd auf die Toilette rannten. Sie gingen nicht dorthin, um zu pinkeln. Sie zückten in der Toilettenkabine ihre Smartphones, und luden „Wine-Apps“ herunter, um mitreden zu können.

An Tisch 9 fragte eine Wiesbadener Schnepfe: „Ist der Sylvaner auch lange genug dekantiert worden?“

Tisch 11 war für Blindproben hergerichtet. Ein affiger Frankfurter Restauranttester schnüffelte mit verbundenen Augen am Glas, benetzte die Zunge, und erklärte überzeugt: „Hochwertiger Rheingauer Spätburgunder, in Barrique ausgebaut, nähert sich dem Höhepunkt, hat aber einen leichten Hauch Kork.“

„Volltreffer“, lobte die Winzerin, und zeigte ihm die Flasche. Es war ein badischer Rotwein mit Schraubverschluss von Aldi für 2,98 Euro.

Lächelnd humpelte die Winzerin von Tisch zu Tisch, plauderte mit dem Wichtigtuer hier, und dem Phrasendrescher da. Zwischendurch gab sie dem Kritiker von „Wein über Alles“ ein Interview und ließ sich zusammen mit Siegfried für irgendwelche Pressartikel ablichten.

„Nicht das verletzte Knie meiner Frau fotografieren!“, befahl König Siegfried, und strahlte in die Kamera. Dabei hielt er professionell seinen Riechkolben in ein Weinglas. Diese Pose hatte er lange vor dem Spiegel geübt.

„Ich könnte kotzen!“, murmelte die Winzerin, verdrückte sich nach oben auf den Balkon, und rauchte zwei Zigaretten. Unten im Park, zwischen akkurat gestutzten Zierpflanzen und antiken Gipsfiguren, soff und frass die ganze Hottwollee von Wiesbaden bis Frankfurt. Die Veranstaltung war schwer zu ertragen. Das Geschwätz all dieser wichtigen Menschen, die sich ohne Rücksicht auf Figur und Typ in teure modische Klamotten gehüllt hatten. Vor allem die Männer waren schwer zu ertragen. Im Vergleich zu dem verschwitzten Naturburschen Kurt kamen sie alle schlecht weg. Diese parfümierten, gestylten Lackaffen!

„Hier bist du!“, sagte Siegfried vorwurfsvoll. Er roch penetrant nach Deo, und einem ekelhaft aufdringlichen Männerparfüm.

„Was ist denn?“

Siegfried zeigte wütend nach unten. „Die Mainzer Handkäsmafia ist da!“

„Auch das noch!“, seufzte die Winzerin, und ging nach unten. Seit Jahren hatten sie eine feste Arbeitsteilung. Bei Weindegustationen musste sie sich immer um die nervigsten Gäste kümmern.

„Mein Gott, ist das grauenvoll!“,

zischte Marianne. „Das ist ja noch schlimmer, als ich mir's vorgestellt habe.“

Die Gaststube bestand aus einem großen Raum und einer niedrigen, uralten Theke. An den Wänden hingen zwei Bilder mit röhrenden Hirschen, drei Geweihe und ein ausgestopfter Wildsaukopf. Alle rustikalen Tische waren besetzt, außer zwei langen Biertischen, die man zusätzlich in den Raum gezwängt hatte.

Zwischen den Gästen hantierte ein kräftiger Mann mit Flaschen und Tellern. Ganz unten steckten seine nackten, riesigen Füße in Sandalen. In der Mitte trug er eine kurze Hose, aus deren Gesäßtasche ein Handtuch baumelte, um die Tische abzuwischen. Über seinen gemütlichen Bauch und den gewaltigen Brustkorb spannte sich ein Träger-Unterhemd. Auf dem mächtigen Rumpf thronte ein dicker Kopf mit roten Haaren und grau-rotem Bart. Anscheinend hatte er einen Unfall gehabt. Jedenfalls hatte er eine verbundene Kopfwunde. Unterhalb des Verbandes war die halbe Gesichtshälfte grün und blau. Unterarme und Beine waren mit frischen Schürfwunden und Prellungen verziert.

„Das ist unappetitlich!“, meckerte Marianne, und fing noch mehr an, zu meckern, als sie die Tätowierung sah.

Auf dem rechten Oberarm des Mannes prangte eine wunderschöne Tätowierung. Betrachter sahen eine nackte Frau, die sich mit der einen Hand einen Traubenpergel in den Mund schob. In der anderen Hand schwenkte sie ein Rebenmesser, in das drei Buchstaben eintätowiert waren. „RHF“, und darüber ausgeschrieben: „RHEIN-HESSISCHE BEFREIUNGSFRONT“. Die eintätowierte

Frau und die Buchstaben waren deshalb so deutlich zu sehen, weil der Arm des Mannes so dick war.

„Das ist vulgär!“, zischte Marianne.

„Hallo!“, rief Heribert.

„Ei Guude“, sagte der Tätowierte.

„Ich bin der Weinkritiker Heribert Schtolte von WEIN ÜBER ALLES, und das ist meine Frau Marianne. Wir möchten ...“

„Isch bin de Kurt“, sagte Winzer Kurt, und gab beiden die Hand, das heißt, er quetschte mit seiner schwieligen Pranke die zarten Patschhändchen.

„Du wollst doch um 10 Uhr komme“, sagte Kurt. „Jetzt isses halb zwölf.“

„Wir hatten eine Autopanne“, log Heribert.

„Ei dann hock disch erst emol“, sagte der Mann.

„Wohin?“, fragte Heribert.

„Ei, dort wo Platz iss!“, sagte Kurt.

Marianne wollte sich an den freien Biertisch setzen.

„Der Disch iss reserwiert.“

„Ich denke, Sie machen keine Reservierungen?“

„Außer fer moin Alde, wann er Gebortsdaach feiert“, erklärte Kurt, und setzte die beiden an einen voll besetzten Tisch dazu. „Rück emol!“, befahl Kurt den anderen Gästen.

Heribert packte sofort wichtig sein Laptop aus, und fing an, irgend einen Unfug zu schreiben. Marianne fühlte sich unwohl, und fingerte an ihrem Handy herum. Auf die Idee, sich mit den Tischnachbarn zu unterhalten, kamen die beiden Stoffel natürlich nicht.

Heribert: „Haben Sie eine Weinkarte?“

„Die Woikart bin isch!“, sagte Kurt. „Es gebt Müller-Thurgau, Silvaner, Riesling, unn Portugieser. Was willste dann?“

„Äh“, stotterte Heribert. „Ich probier den Riesling.“
„Unn Du?“
Marianne war erstens beleidigt, weil sie geduzt wurde, und zweitens verlangte sie einen „gehaltvollen Rotwein in Barrique ausgebaut“.
„Gibt’s hier net, weil uns die Klimaerwärmung im Schtisch losst“, erklärte Kurt sachlich. „Zu kalt. Unn bevor isch Dornfelder im Holzfass ausbau, du isch misch lieber erschieße.“
„Dann machen sie also gar keinen Rotwein?“
„Baust du in Alaska Ananas an?“, fragte Kurt zurück.
Der Weinkritiker Heribert nickte verständnisvoll und tat so, als würde er verstehen wovon der Winzer redete.
„Abber isch mach en guude Rosee“, erklärte Kurt.
„Wie geht das?“, fragte Heribert.
„Ei so“, erklärte Kurt. Er schüttete gleichzeitig aus einer Flasche Portugieser und einer Flasche Müller-Thgurgau Wein in ein großes Glas.
„Prost. Des iss Rosee“, erklärte Kurt, und trank das Glas auf Ex aus.
„Ist das ihr Ernst?“, fragte der Weinkritiker entsetzt.
„Nä, dess iss moi Karlsche“, sagte der Winzer, und wandte sich wieder an Marianne. „Also, was jetzt?“
Marianne Schtolte bestellte einen „Chardonay bitte“.
„Gibt’s bei mir net. Dess sinn Ferz. Rhoihessischer Boddem iss net geeischnet fer Scherdonei.“
Marianne verstand nur Bahnhof.
„Isch bring der en Silvaner“, entschied Kurt.
„Ahso“, mischte sich Heribert ein. „Sie bauen keinen Chardonay an, weil das Terroir dafür ungeeignet ist.“
„Genau“, knurrte Kurt. „In Rhoihesse gibt’s kä Terroir, sondern Boddem. Terroir gibt’s nur in Frankreisch.“

„Wann veranstalten sie denn ihre nächste Weindegustation?“, fragte Heribert.

„Übberhaupt net!“ , knurrte Kurt. „Isch mach nur Woiprobe! Isch bin nämlich Winzer unn kään Öenologe.“

„Der Typ ist unmöglich“, zischte Marianne.

Als Kurt zurückkam, stellte er zwei globige Stangengläser auf den Tisch.

Heribert war entsetzt: „Haben sie keine anderen Gläser?“

Kurt: „Nä! Abber von mir aus kannste de Woi aach aus de Flasch saufe.“ Dabei stützte er seine dicken Arme auf den Tisch und sah Heribert fest in die Augen.

Heribert duckte sich hinter dem Laptop, und wagte zu fragen: „Wieviel Lagerpotential hat denn Ihr Riesling?“

„Lagerpotential?“, knurrte Kurt. „Willste den Woi tringe, odder 20 Jahr lang im Keller angucke?“

„Wir würden auch gerne etwas essen“, sagte Marianne.

„Hackbrate, Schnitzel, odder Worschtplatt?“, fragte Kurt, die lebende Speisekarte.

„Sonst haben Sie nichts?!“

„Handkäs!“, knurrte Kurt.

„Haben sie nicht wenigsten einen Salat mit Putenstreifen, oder ...?“

„Dess iss ä Schtraußwertschaft unn kä Diätklinik!“, brummelte Kurt unter dem Beifall sämtlicher Gäste.

Marianne bestellte „einen halben Hackbraten, aber bitte mit gekochten Kartoffeln, anstatt mit gebratenen, ohne Soße, aber etwas Salat mit ...“

Kurt rief Richtung Küche: „Ä Micki-Maus-Portion-Hackbrate mit ä bissje Haasefudder drumrum.“

Was für ein Bauer!, dachte Heribert.

„Unn der Herr?“, fragte Kurt drohend.

„Wenn sie sonst nichts anbieten können, dann esse ich lieber gar nichts!“, zischte Heribert beleidigt.
„Moment emol“, machte Kurt einen Vorschlag zur Güte, und stampfte zur Theke. Dahinter hing an der Wand eine große Schiefertafel. Er wischte den „Hackbrate, 7,80 Euro“ weg, und kritzelte mit Kreide ein neues Speiseangebot auf die Tafel.

Für Feinschmecker!
Französische Woche im Weingut Rebenlaus

7-Gänge-Menü für 35 Euro inclusive ein Liter Wein

Fromage du Geule
Soupe du Soucisse
Plat du Bataille
Fromage du main avec Musique a la Majence
Gateaux des Frais
Weinempfehlung: Vin de la Maison
Digestiv: Au de vie du Trester

„Was heißt das?“, fragte der Restaurantkritiker Heribert Schtolte flüsternd.
„Woher soll ich das wissen?“, giftete Marianne. „Hast Du Französich-Leistungskurs in der Schule gehabt, oder ich?“
Inzwischen sahen 30 Rheinhessen erwartungsvoll zu dem Tisch, an dem die beiden Feinschmecker sassen.
„Unn?!“, fragte Kurt mit dröhnender Stimme.
Heribert wollte sich keine Blöße geben, und bestellte weltmännisch das große französische Fressen.
„Grooo Menüüüüü!“, bellte Kurt in die Küche.
„Wui!“, brüllte seine Schwester aus der Küche zurück.

Kurt machte sich einen Riesenspaß daraus, dem Restaurantkritiker auf riesigen Tellern winzige Portionen zu servieren, die mit irgend einem Firlefanz garniert waren. Dabei marschierte er jedes Mal mit Brimborium durch die Wirtschaft, und zeigte überall den Teller herum.

„Fromasch dü gölll iss ferdisch!“, brüllte Gisela aus der Küche, und Kurt servierte Spundekäs.

„Supp de sosiss“, schrie Gisela, und Kurt servierte Worschtsupp.

„Pla de batei“, krähte der Oberkellner, und brachte eine Schlachtplatte in mikroskopischen Portionen. Jeweils 10 Gramm Leberwurst, 10 Gramm Blutwurst, 10 Gramm ...

„Ich glaube, der verarscht uns“, mutmaßte Schnellmerkerin Marianne.

Genau in diesem Moment ging die Tür auf. Eine Traube betrunkener Jäger mit geschulterten Gewehren und dreckigen Gummistiefeln stapfte in die Wirtschaft. Der Betrunkenste von allen hinkte mit steifem Bein zur Theke, und knallte stolz einen toten Karnickel darauf.

„Halali!“, rief die ganze Kneipe.

Das gebrochene Auge des toten Karnickels starrte genau auf Marianne Schtolte.

„Ich esse hier keinen Bissen mehr“, sagte sie angeekelt, und schob ihren Teller weg.

„Fromasch du mä awek de la müsick“, rief Kurt und brachte 20 Gramm Handkäs mit Zwiebeln.

Heribert war inzwischen so hungrig, dass er alle Eleganz vergaß, und das Stück Handkäse in einem Stück hinunterschlang.

„Jetzt reichts aber!“, meckerte Marianne, als die Jäger immer lauter wurden, soffen, sangen, und Stumpen rauchten. „Wie kannst du essen, während hier geraucht wird!“, zischte sie empört ihren Mann an.

„Mir egal“, sagte Heribert hungrig. Aber das war gelogen. In Wahrheit fiel ihm zum ersten Mal im Leben auf, wie angenehm Nikotinrauch in einer Kneipe war. Die Zigarren übertönten endlich den widerlichen Parfümgeruch seiner Frau, den er noch nie gemocht hatte. Außerdem hatte er inzwischen eine halbe Flasche Riesling gesoffen, und zu wenig gegessen. Heißhungrig klaute er den Hackbraten vom Teller seiner Frau.

„Du frisst wie ein Schwein!“, zischte Marianne wütend und beschwerte sich bei dem Wirt, weil geraucht wurde.

„Geschlossene Gesellschaft!“, erklärte Kurt, woraufhin auch die anderen Gäste ihre Rauchwaren herauskramten.

„Ich bleibe hier keine Minute länger!“, zischte Marianne, und fing an, gekünstelt zu husten.

„Ich habe Hunger!“, jammerte Heribert, und fing an, das Brot zu fressen, das auf dem Tisch stand.

„Das sind schlechte Kohlenhydrate!“, zischte Marianne.

„Mir egal“, sagte Heribert, und klaute Brot vom Nachbartisch.

Zum Nachtisch gab es auf einem quadratmetergroßen Teller ein Zwei-Eurogroßes Stück Erdbeerkuchen.

„Au dü wie!“ rief Kurt, und zauberte einen winzigen Tresterschnaps in einem riesigen Glas auf den Tisch.

„Den trink ich!“, sagte Marianne vorsorglich, und kippte verärgert den Schnaps hinunter.

„Biste satt?“, fragte Kurt drohend. Das ganze Menü war weniger Essen gewesen, als der halbe Hackbraten.

Inzwischen sangen die betrunkenen Jäger schmutzige Lieder. Am lautesten grölte Herbert Dickmilch aus Mommenheim, seit Jahrzehnten Adolfs Jagdkumpan.

„Diese Ekelpratze ist ja auch hier!“, zischte Marianne angewidert. Dieser Dickmilch war nämlich der Busenfreund ihres ungeliebten Vermieters Karl Napp.

„Kann ich bitte einen Bewirtungsbeleg haben?", fragte Heribert in der typischen Kritikerhoffnung, dass er hier umsonst fressen und saufen durfte.

„Ei sischer!", sagte Kurt, und kritzelte mit dem Kugelschreiber den Beleg auf einen Bierdeckel.

„Ich kann Ihnen auch einen guten Preis machen, wenn Sie in unserer Zeitschrift inserieren", lallte Heribert.

„Du kannst mich am Hobel blose", sagte Kurt freundlich, gab den Beleg, und kassierte das Geld.

Heribert gab kein Trinkgeld, weil er wie ein gewöhnlicher Gast behandelt wurde. Besonders sauer war er, weil ihm der Winzer noch nicht einmal ein Kästchen Wein in den Kofferraum gelegt hatte.

„Das ist vielleicht ein Proll!", lallte Heribert.

„Was für ein Bauer!", sagte Marianne angewidert, als sie mit Hilfe des Navis von Harxheim nach Mainz fanden. Unterwegs in Hechtsheim hielten sie bei Mac-Donald, damit Heribert satt wurde. Dann setzte sich der Restaurantkritiker an seinen Computer, und schrieb eine vernichtende Kritik über den rheinhessischen Winzer.

In Wahrheit hatte Heribert noch nicht einmal bemerkt, dass der Wein zu diesem Preis sensationell gut war. Er hatte auch nicht geschmeckt, dass die gute Gisela nur Wurst und Fleisch von eigenen Schweinen verarbeitete. Die Viecher wurden liebevoll mit Gras, Kartoffeln, Schrot und Essensresten gefüttert, anstatt mit Fertigfutter. Deshalb dauerte es ja auch neun Monate, bis sie schlachtreif waren, anstatt drei.

Gisela und Kurt waren sich auch einig. Auf solche Kunden konnten sie in Zukunft verzichten. Das war ja schlimmer, als Perlen unter die Säue zu werfen.

Gerard Depardieu, Brad Pit, Günter Jauch, und die Mainzer Handkäsmafia

„Was soll isch en hier?“, maulte der Mainzer Großmetzger Fleischworschttoni, weil er am liebsten Pils trank.

„Woi saufe!“, lachte der Mainzer Bauunternehmer Hohlblockfriedel.

„Das ist eine erstklassige Veranstaltung“, lobte der SPD-Dezernent Nobbi, weil er der Anführer der Mainzer Toskanafraktion war.

CDU-Stadtrat Grieser sagte nichts. Er war verzweifelt damit beschäftigt, per Twitter seinen politischen „Followern“ zu verkünden, dass er gerade auf einer außerordentlichen Stadtratssitzung sei, obwohl Sonntag war. Aber er kam mit diesem neumodernen Unfug nicht zurecht. „Hilf mir mal“, sagte er zum Genossen Nobby.

Nobby drückte ein paar Knöpfe, und kam auch nicht weiter. Aber er gab einen guten Tipp. „Isch hab meine Tochter als Bürohilfe auf Schteuerzahlerskosten angeschtellt. Die macht mir den ganzen Scheiß. Twitter, Facebook, alles. Macht die in Nullkommanix und alle Wähler denken, ich würde ihre Fragen beantworten.“

„Das ist schlau“, gab Grieser zu. „Weil isch jetzt jeden Abend fünf Stunden im Netz bin, hab isch noch wenischer Ahnung, über was isch tagsüber rede. Isch hab noch nischt einmal mehr Zeit, um Zeidung zu lesen.“

Der grüne Stadtrat sagte nichts, weil er neu in diesem erlauchten Kreis war. Die Handkäsmafia hatte ihn erst vor kurzem gekauft, weil die Mehrheitsverhältnisse im Rathaus nach grün ausgeschlagen waren. Vor allem war er frisch geschieden, und hatte Geldprobleme, weil er als studierter Soziologe noch nie im Leben etwas ordentliches gearbeitet hatte. Er kannte halt nichts, außer ein bißchen Uni, und ganz viel grünem Parteimief.

„Gegen den hab ich auch schon prozessiert“, sagte der Ölprinz, und begrüßte einen namhaften Kollegen aus Wiesbaden.

„Du wirst ja immer fetter!“, grüßte der Wiesbadener Anwalt den Mainzer Kollegen, und boxte ihm gegen den dicken Bauch.

„Wir kommen zu spät“, mahnte Nobby besorgt. Er hatte die sozialdemokratische Urangst, dass alle guten Weine schon weggesoffen waren. „Wo bleibt denn der Pate?“

Aber da kam er schon. Ein knallroter Porsche schoss hupend auf den Platz, und stoppte mit einer Vollbremsung, dass der Kies an die parkenden Autos spritzte. Der übergewichtige Fahrer quälte sich aus dem tiefen Sitz, und stellte sich auf die edlen Plateauschuhe, die er immer trug, um größer zu wirken.

„Na endlisch“, sagte Toni.

Streng nach Hierarchie geordnet marschierte die Handkäsmafia zur Weindegustation. Der Pate Brezelmüller vorneweg, hinter ihm sein Busenfreund Fleischworschttoni. Dann Hohlblockfriedel, und der Ölprinz. Zum Schluss die drei Politiker.

„Warum kommt ihr so spät?“, fragte die Gastgeberin.

„Weil wir noch schnell einen einbetonieren mussten“, erklärte Brezelmüller zur Entschuldigung.

Die Gastgeberin geleitete die Bande zu ihrem reservierten Tisch.

„Geiler Arsch“, murmelte Toni anerkennend mit Blick auf ihr Hinterteil, und stellte sich vor: „Isch bin de Toni, saach du zu mir.“

„Petra“, sagte sie, und erklärte ihm, dass sie ihn kenne.

„Tangente in Mainz vor 20 Jahren. „Du hast 25 Rosen gekauft, und mir auf der Tanzfläche einen Heiratsantrag gemacht.“

„Äh, hab isch vergesse“, lachte Toni. „Son Quatsch hab isch frieher als öfters gemacht, wenn isch voll war.“

„Glaub ich. Aber du hast dich dabei erstens nackt ausgezogen, und zweitens den Türsteher verprügelt, weil er dich rausschmeißen wollte. Das hab ich mir gemerkt.“

„Sowas kann vorkomme“, sagte Toni geschmeichelt.

„Das weiß ich noch“, erklärte der Ölprinz. „Anschließend hat er sich noch mit den Polizisten geprügelt, die ihn in die Ausnüchterungszelle gebracht haben. Und als ich ihn um 8 Uhr morgens rausholen wollte, hat er mich beschimpft, weil er in der Zelle erst ausschlafen wollte.“

Wo bin ich hier gelandet?, dachte der Grüne entsetzt.

„Können wir jetzt anfangen?“, fragte die Winzerin. „Alle anderen Gäste haben schon vier Weine Vorsprung.“

„Dess hole mir uff!“, versprach Hohlblockfriedel.

Weil sie wusste, dass der Mainzer an sich keine Formalitäten mag, sparte sie sich lange Erklärungen, und schenkte ein „Wir fangen mit einem Zweitausendzwölfer Chardonay an.“

„Charakteristisch“, lobte Nobby. „Dieser nachhaltige Geschmack von unreifen Mirabellen. Hervorragend.“

Dummschwätzer, dachte die Winzerin.

Als alle noch an den Gläsern schnüffelten, hatte Toni schon ausgetrunken. „Soll isch jetzt die ganz Zeit Null-Komma-Ääns Lidder Woi saufe?“, maulte er. „Dadevon werd isch net voll! Wenn’s schon kä Bier gibt, dann will isch wenischdens Sauergeschpritzder.“

Die Winzerin holte ein riesiges Rotweinglas, und stellte ihm eine Flasche Riesling und eine Flasche Wasser dazu.

„Unmöglisch!“, tadelte Stadtrat Grieser.

„Grieser, halt's Maul!", zischte Toni. „Du host von Woi genau so wenisch Ahnung wie isch", womit er recht hatte.

„Nachher gibt's Rotwein", erklärte die Winzerin. „Für solche Feinschmecker wie dich mach ich Cola-Rot."

„Dange", sagte Toni.

Als die Mainzer Weinkenner den Vorsprung der anderen Gäste zügig aufgeholt hatte, klopfte der Pate an sein Glas.

Toni: „Grieser! Mach dess scheiß Händi aus, de Boss will was saache!"

„Warum sind wir hier hergekommen?", fragte der Pate.

„Weil Wein trinken in ist?", fragte Genosse Nobby.

„Sehr gut!", lobte Brezelmüller, und stellte die entscheidende Frage: „Was haben Gerard Depardieu, Angela Jolie, Brad Pit, und Günter Jauch gemeinsam?"

„Die arbeiten für's Kino, oder beim Fernsehen."

„Und was noch?"

„Die sind berühmt."

„Und sonst?"

Der Anwalt saß breit, dick und nachdenklich in seinem Stuhl. Die Knöpfe des schicken italienischen Seidenhemds waren kurz vorm platzen. Der behaarte Bauchspeck quoll aus den prall gespannten Zwischenräumen. Als er an Brett Pit dachte, zog er den Bauch ein. Aber als er an Gerard Depardieu mit seiner Obelixfigur dachte, atmete er entspannt wieder aus.

„Die haben alle Weingüter gekauft!", erklärte Brezelmüller in vollem Ernst.

„Hä?", fragte Stadtrat Grieser mit offenem Mund.

„Seht euch doch um!", forderte der Pate.

In der Tat. Um sie herum saß der ganze Geld- und Gesellschaftsadel des Rhein-Maingebiets. Alle taten so, als wären sie große Weinkenner. Viele rauchten teure Zigarren zum Wein, weil sie gehört hatten, dass das jetzt modern sei. Manche rauchten sogar, obwohl sie davon Kopfweh bekamen.

„Diese ganzen Pfeifen haben genauso wenig Ahnung von Wein wie wir!", behauptete Brezelmüller laut.

„Mit Sischerheit", stimmte Toni noch lauter zu, und trank sein Cola-Rot auf Ex aus.

„Vor 25 Jahren", erklärte Brezelmüller, „musste man als Mainzer im Vorstand vom MCV sein, um vorne dabei zu sein. Vor 10 Jahren musste man im Vorstand vom FSV sitzen. Aber seit es das neue Stadion gibt, darf jeder in die Vip-Lounge, der genug Geld hat. Das ist uninteressant. Wer wichtige Leute kennen lernen will, der muss ein Weingut haben. Das hat Niveau!"

„Genau", stimmte Hohlblockfriedel zu. „Dess sinn Visione! Mir kaufe en Woigut!"

Metzgermeister Toni hätte ja lieber eine Brauerei gekauft. Aber er begriff sofort die Dimension von Brezelmüllers Vorhaben. Der Gedanke, mit einem Weingut den dicken Max zu machen, begeisterte ihn. Er boxte Grieser auf die Schulter: „Mir mache jetzt in Woi! Dess iss werthaldisch unn nachhaldisch, ha, ha."

Der CDU-Politiker Grieser war der Sohn eines Schlossermeisters. Er hatte panische Angst davor, körperlich arbeiten zu müssen. Sein ganzes Leben lang hatte er sich erfolgreich davor gedrückt. Hilflos sah er zu dem Arbeitersohn Norbert Schulte. Genosse Nobby hatte auch Panik in den Augen.

„Sollen wir schtundenlang bei kaltem Regen, oder brennender Sonne im Wingert arbeiten?"

„Quatsch“, erklärte Brezelmüller. „Wir arbeiten nicht, wir lassen arbeiten. Auf den Trecker setzen wir uns nur, um Pressefotos zu machen. “

Toskana-Nobby war sofort Feuer und Flamme. Er stellte sich vor, dass er dauernd umsonst auf einem hochklassigen Weingut im Süden Urlaub machen, und saufen konnte. „An was hast du gedacht? Toskana, Spanien, oder Südfrankreich?“

„Rheinhessen!“, sagte Brezelmüller.

„Rhoihesse?“, fragte Hohlblockfriedel mit offenem Mund.

„Ein Weingut in Südfrankreich kann sich jeder russische Mafiosi leisten. Wir aber haben Niveau. Wir zeigen unsere regionale Verbundenheit, und tun etwas für unser werthaldisches Imitsch.“

„Genau!“, stimmte Toni zu, und bestellte Cola-Rot.

„Wir kaufen ein Weingut in Rheinhessen“, entschied Brezelmüller. „Und dann geben wir Gas! Modernste Technik! Ein Kellermeister der Spitzenklasse! Weinkritiker werden geschmiert! Die scheißen wir alle mit Geld zu! Und dann müssen sich diese Rheingauer warm anziehen!“

„Alle fer ääner!“, rief Toni begeistert, und hielt nach guter alter Metzgertradition seine Hand hin.

„Ääner fer alle!“, schlug Hohlblockfriedel ein.

„Ich geb 500000“, legte der Pate vor.

„Isch aach“, schwor Hohlblockfriedel. „Soviel iss mir der Schpass wert.“

„Mit 500 Mill bin isch debei“, stimmte Toni zu.

Brezelmüller, Hohlblockfriedel und Fleischworschttoni konnten sich den Spaß leisten, weil sie seit Jahrzehnten schlaue Bau- und Immobiliengeschäfte im politischen

Dunstkreis der Landeshauptstadt betrieben, weshalb Friedel ja auch als FDP- Stadtrat im Rathaus saß.

Der Rest des Abends war wie immer. Weil alle betrunken waren, landeten sie in Mainz, in „Rosies Bar“ .

Als der grüne Politiker ausbüxen wollte, wurde er von Hohlblockfriedel eingefangen, schmerzhaft am Genick gepackt, und mit dem Ruf „Mitgefange, mitgehange!“ ins Puff boxiert.

Als der Grüne völlig betrunken war, band ihn Toni auf der Tanzfläche an der Stange fest, zog ihn aus, bat eine Barfrau für 300 Euro so zu tun, als ob sie ihm einen lutsche, und fotografierte ihn dann.

„Schteh auf, wenn Du Mainzer bist!“, sang das ganze Puff, und schwenkte Feuerzeuge, als Toni seine Kamera auf den grünen Bibbes richtete. Dieses Foto sollte sicherstellen, dass auch die grüne Fraktion Auftragsvergaben an altbekannte Firmen widerspruchslos abnickte. Falls nicht, würde das Foto auf der Facebook-Seite des Grünen erscheinen.

„Na, wie hab isch dess widder gemacht?“, fragte Toni. „Subber!“, lobte der Pate, und spendierte eine Lokalrunde.

Und noch im Puff erhielt der Ölprinz einen Anruf. Siegfried war am Apparat. Er klang ziemlich verzweifelt.

„Seit gestern versuche ich diesen Privatdetektiv Karl Napp zu erreichen. Aber mit seinem Telefon stimmt etwas nicht.“

„Ich kümmer mich drum“, versprach der Ölprinz. „Gleich morgen früh.“ Und dann bestellte er noch eine Runde Schampus auf Brezelmüllers Kosten.

Das Kompetenzteam

„Miau“, sagte Kater Carlo, als er am Montag um 7 Uhr wach wurde. Wie immer, hatte er in dem alten Schuhkarton auf der Fensterbank geschlafen. Die Katze streckte sich, gähnte, und weckte den Dackel Rudi auf dem Sofa.

Rudi streckte sich, gähnte, und dackelte ins Schlafzimmer. Dort stellte er sich vor das Bett, und bellte wie ein Irrer, um seinen Herrn zu wecken.

„Sauvieh!“, sagte Herbert Dickmilch zu seinem Hund, streckte sich, gähnte, und stand auf.

Herbert Dickmilch war 76 Jahre alt, Dackel Rudi hatte 12 Jahre auf dem Buckel, und Kater Carlo war 14 Jahre alt. Gemeinsam tappten sie auf 10 alten Beinen in die Küche, um zu frühstücken.

„Brav!“, lobte Herbert, als er die tote Ratte auf dem Fußboden sah. Weil er nicht wusste, ob der Hund, oder die Katze den Graupelz erlegt hatte, belohnte er beide. Carlo schlabberte Milch mit Ei, Rudi bekam ein fettes Wurstbrot.

Beim Frühstück las Herbert seinen beiden Tieren laut aus der Zeitung vor. Die Nachricht, dass öffentliches Urinieren in Mainz jetzt mit einer Geldstrafe in Höhe von 45 Euro geahndet wurde, kommentierte er mit den Worten: „Die Meenzer habbe all was an de Erbs!“

„Wau“, stimmte Rudi zu.

Als er dann noch las, dass die Polizei jetzt verstärkt Radfahrer auf erhöhten Alkoholkonsum kontrollieren werde, brummelte er: „Jetzt derfste noch nit emol uffem Rädsche saufe! Werr’n die Meenzer als depper? Schtädter sinn so bleed, dasse brumme!“

Schließlich musste er lesen, dass der Mainzer SPD-Sozialdezernent auf Kindergartenfesten den Alkoholausschank verboten hatte.

„Kä Wunner, dass die Leut kä Kinner mehr mache wolle!“

„Wau!“, stimmte Dackel Rudi zu.

Danach verschwand er mit der Zeitung kopfschüttelnd im Bad. Nach dem Morgenschiss machte er sich schick. Er zog die riesige Breitbandkordhose über seinen dicken Bauch, zurrte die Hosenträger fest, und setzte ein grünes Jägerhütchen auf seinen dicken Kopf. Anschließend ging er mit Rudi zu seinem alten jägergrünen Opel.

„De Rudi unn isch müsse nach Meenz“, sagte Herbert zu Carlo. „Du bleibst hier, unn basst uff's Haus uff!“

Herbert Dickmilch war ein pensionierter Polizist, der gemeinsam mit seinem Exkollegen Karl Napp in Mainz ein Detektivbüro betrieb. „Mal geschpannt, was der Dummbabbeler widder will!“, brummelte Herbert, als er durch die Mainzer Innenstadt kurvte.

Für heute morgen um 9 Uhr hatte Oberdetektiv Karl eine wichtige Besprechung angesetzt.

Mainz-Mombach, Fitnesscenter MC-Fit, 07: 00 Uhr

„Ooh“, stöhnte Detektivgehilfe Franky. Er stand im Ausfallschritt vor dem Spiegel, und hob mit der rechten Hand eine leichte Kurzhantel vom linken Fuß hoch bis in Höhe der rechten Schulter.

„Ufff“ stöhnte Franky, als er die Hantel langsam in ihre Ausgangsposition zurücksinken ließ. Franky war 34 Jahre alt und verbrachte unzählige Stunden seines Lebens im Fitnesscenter. Er kam immer frühmorgens, oder spätnachts, weil dann wenig Betrieb war. Hier im Studio hatte er den Spitznamen „Spargel“, weil er trainierte wie ein Irrer, und trotzdem relativ dünne Muskeln hatte. Auch sonst machte er alles falsch, was er falsch machen konnte. Anstatt mit dem Fahrrad nach Mombach zu fahren, um warm zu werden, brummte er mit seinem uralten BMW durch die Stadt, um sich dann umständlich im Studio warm zu machen, bevor er anfing, Hanteln zu schwingen.

„Oh-Uff", stöhnte er zehnmal. Dann wechselte er die Position, stellte den rechten Fuß nach vorne, und zog die Hantel mit der linken Hand hoch.

„Ufff-Oooh", stöhnte er, damit es alle im Studio hören konnten.

Allmählich sammelten sich Zuschauer um ihn herum. Die meisten hatten Figuren wie Ochsen.

„Sieht rischdisch schwul aus", sagte Mike, der mit allerlei chemischen Hilfsmitteln auf der Bank 160 Kilo drückte.

Dragan, genannt „Hulk", fragte grinsend: „Ej Frängie! Willste jetzt zum Ballett, odder was?"

Ergün, auch genannt „Terminator", sagte nichts. Er stand da mit verschränkten Armen, und schüttelte nur den Kopf.

„Was guckst du?", fragte Franky, als er eine Pause einlegte.

Hulk: „Alder. Was machsten da fer'n Scheiß?"

„Das ist Spartakustraining", erklärte der Spargel wichtig, „kann ich jetzt aber nicht erklären, weil ich um neun Uhr einen wichtigen Termin habe."

„Spardapufftraining iss voll Scheißendreck!", sagte Ergün überzeugt, und ging wieder zu seiner Hantelbank, um 10 Mal 130 Kilo zu drücken.

Der Spargel bewunderte sich noch ein wenig im Spiegel, duschte, und fuhr mit seinem alten BMW wieder durch den dicksten Verkehr in die Innenstadt.

Detektei Napp und Dickmilch
Investigationen aller Art
Industriespionage weltweit
Spezialgebiet eheliche Untreue

stand auf dem Messingschild am Eingang des 12-Familienhauses. Franky ging in den Keller zu seinem Arbeitsplatz. Als er die Tür mit der Aufschrift „Bürro“ öffnete, sah er nichts und musste husten, weil Herbert Dickmilch den ganzen Raum mit Zigarrenrauch vernebelte. Das war nicht zu ändern, weil das alte Kellerfenster klemmte. Man konnte es nicht mehr öffnen.

Neben Herbert lag sein Dackel, und knabberte an einem stinkenden Knochen. Ansonsten bestand das Büro aus einer Theke und einem großen Kühlschrank. Es war Karls ehemaliger Partykeller, auch genannt „Die blaue Lagune“. Aber die blau gestrichene Rauhfasertapete mit den aufgeklebten Sternen war schon lange nikotingelb. Auch der Computer, der Sessel, die Dartscheibe und das alte Sofa wurden allmählich gelb. Überall standen leere Flaschen herum.

„Guten Morgen“, grüßte Franky.

„Guude“, grölte Herbert, sah von seiner Bildzeitung hoch, und zeigte auf das Flipchart. „9 Uhr: Teamsitzung!“ stand da drohend. „Seit wann mache mir son Scheißdreck wie Tiemsitzung?“

Franky zuckte mit den Achseln, zeigte seinen angespannten Bizeps und erklärte: „Ich hab ein neues Trainingsprogramm.“

„Isch net“, lachte Herbert. „Isch schaff lieber im Garte, unn hack Holz.“

Franky packte seine Bodybuilderzeitschrift aus, und fing an zu lesen. Es war 8:45 Uhr. Gemeinsam warteten sie auf den Chef.

„Kall!“, rief Erna Napp, aber Karl Napp antwortete nicht. „Kall!!“, brüllte sie laut, aber aus dem Schlafzimmer kamen nur tiefe Schnarchgeräusche.

Erna riss die Schlafzimmertür auf, zog die Decke vom Bett, und brüllte: „Kall! De Kaffee schteht uffem Disch!“

„Ooaar“, gähnte Karl, und wälzte sich aus dem Bett. Er zog sich an, pinkelte im Bad über die Klobrille, und sah in den Spiegel. Im Spiegel sah er das müde Gesicht eines kleinen, dicken, 67 Jahre alten Mannes. Karl Napp war gelernter Elektriker. Sofort nach der Lehre war „Korzschlusskarl“ zur Polizei gegangen. Wegen zuviel Alkohol im Dienst hatte man ihn frühpensioniert. Seitdem betrieb er aus Langeweile ein Detektivbüro. Ansonsten war er „de Hausmooster“ in dem 12-Familienhaus, das seine Frau Erna geerbt hatte.

„Um 10 Uhr kommt de Schornschteinfeescher!“, sagte Erna. „Außerdem beschwer’n sisch die Mieter, weil Du widder irschend en Gerümpel in de Hof geschtellt host.“

Wie jeden Morgen beim Frühstück, erteilte sie ihrem Mann Aufgaben, obwohl sie genau wusste, dass er sie nicht erledigen würde. Seit 40 Jahren ging das schon so.

Karl versteckte sich hinter der Zeitung und sagte nichts.

„Host Du de Hausdürschlüssel fer die Schtudende im fümfte Schtock nachmache lasse?“

„Dess soll de Frängie mache“, brummelte Karl.

„Die Fraa Schtolte fraacht, ob sie die Garaasch habbe kann.“

„Die Schtolte, die bleed Bichs, soll mir de Buggel runnerrutsche!“

„Die Schtolte hot sisch nämlisch e nei Audo kaaft, um von hier den weite Weg bis zum ZDF zu fahre, unn will des schee Audo nit drauße schtehe losse."

„Außerdem brauch isch die Garaasch selber!", fügte Karl hinzu.

Das war eine Lüge. Seit man ihm den Führerschein entzogen hatte, hatte er sein Auto verkauft, und brauchte deshalb auch keine Autogarage mehr. Aber in der Garage stapelte sich jetzt Gerümpel bis unter die Decke.

„Pfft", sagte Erna, und tippte sich an die Stirn, als Karl die Störungsstelle der Telekom anrief.

„Nennen sie Ihr Anliegen", sagte der Sprachcomputer.

„Es Dellefon iss kabutt!", rief Karl in den Hörer.

„Wir haben sie nicht verstanden", sagte der Sprachcomputer. „Bitte wiederholen Sie ihr Anliegen ..."

„Arschlöscher!", brüllte Karl, und legte auf.

Um weitere Aufträge abzublocken, wechselte Karl das Thema. „Was gibt's dann heut middach zu esse?"

„Nix", sagte Erna. „Ich muss in de Garte. Kommste mit?"

Karl wollte auf gar keinen Fall mit in den Schrebergarten kommen. Erna würde ihn den ganzen Tag herumkommandieren, und beschimpfen, weil er alles falsch machte, was man bei Gartenarbeiten falsch machen konnte. Außerdem hatte die Vereinsgaststätte montags geschlossen. Was sollte er da im Garten?

„Isch hab kä Zeit fer de Garte", behauptete Karl. „Isch hab gleisch Teamsitzung."

„Du host was an de Erbs", sagte Erna überzeugt.

„Fährst du schon wieder Fahrrad?“,

fragte Siegfried misstrauisch, als sie am Montag morgen das Rad aus der Halle schob.

„Nein, ich bring das Rad in die Werkstatt, und erledige ein paar Dinge. Bin in drei, vier Stunden zurück.“

„Ahso“, schnaubte Siegfried, und gab seinem Kellermeister vertrauliche Anweisungen. Siggi hatte nämlich ein Problem. Gott und die Welt wollten seinen Riesling saufen. Der letzte Jahrgang war durch Vorbestellungen schon ausverkauft, bevor er auf Flaschen gezogen war. Deshalb verkaufte Siggi einfach mehr Wein, als er Wingert hatte. Das durfte natürlich niemand wissen. Weder das Finanzamt, noch das Weinbauamt, und schon gar nicht seine Kunden. Zum Glück hatte sein Kellermeister einen rheinhessischen Winzer mit Absatzproblemen aufgetan. Der Mann lieferte erstklassige Qualität, und wurde dafür schwarz bezahlt. Er wusste noch nicht einmal, an wen er lieferte. Er wusste nur, dass sein Wein wie Rheingauer Riesling schmecken sollte. Siggi brauchte wieder Nachschub.

„Wird erledigt“, sagte der Kellermeister.

Dann kümmerte sich Siegfried um das andere Problem, das seit drei Tagen wie ein Messer in seinen Eingeweiden bohrte. Er rief den Ölprinz an, weil dieser Mainzer Privatdetektiv nicht erreichbar war.

„Ich kümmer mich sofort drum“, versprach der Anwalt.

„Ich bring sie um!“, zischte Siegfried wütend, und meinte seine Frau. Er musste sich ungeheuer beherrschen, um den Schein zu wahren, anstatt ihr sofort den Hals umzudrehen. Vielleicht konnte er auch etwas anderes tun. An ihrem Fahrrad herumschrauben, oder ...

Umstrukturierung

„Guude Morsche Männer!“, begrüßte Karl seine Mitarbeiter, und eröffnete die Teamsitzung sofort mit der Feststellung „so geht's nit weider!“

„Was geht so nicht weiter?“

„Mir misse die Firma nei schtrukturiere, um Prozesse zu optimiere!“

Franky sah überrascht von seiner Bodybuilderzeitschrift hoch. Seit wann redete Karl so geschwollen?

„Was soll dess dumm Gebabbel?“, fragte Herbert.

Zur Antwort riss Karl den alten Zettel ab, der an der Bürotür hing. „Bürro“, hatte darauf gestanden. Jetzt hängte er ein neues Blatt an die Tür: „Kompetenzzentrum“ stand darauf.

Herbert machte grinsend hinter Karls Rücken die Scheibenwischerbewegung.

„Ab sofort bilde mir drei zusamme en Kompetenzteam, mit klar abgegrenzte Kompetenzbereiche!“, befahl Karl, und zeigte die neuen Visitenkarten. „Die neie Kärtscher mache Mords was her. Da schtaune die Kunde, verschtehste!“

„Meenste?“

„Chief-Executive-Officer (CEO) Karl Napp”, stand auf seiner Karte.

„Was soll dess uff deutsch heiße?“, fragte Herbert.

„Weiß isch nit genau“, erklärte Karl, „weil isch genau so schlescht Englisch kann, als wie Du.“

„Unn was soll der Käs?“

„CEO heißt soviel wie Scheff!“, behauptete Karl überzeugt. „Unn rischdisch ausschpresche dut mer dess: Si-Ei-Oh! Verschtehste?“

Herbert: „Schreib doch ‚Obbermatschores', dann weiß jeder, was gemeint iss." ."

Franky staunte auch. Anscheinend war er befördert worden. Seit neuestem war er jetzt „Chief-Assistent".

„Tschief-Ässistent iss en anneres Wort fer de Machemol-dessdo!", übersetzte Karl.

„Schön", sagte Franky, „das hört sich besser an als: Depp vom Dienst."

„Genau da drum geht's!", erklärte CEO Karl Napp. „Isch will nämlisch die Preise erhöhe, unn dadefier brauche mir ordentlische Visitekärtscher, weil ..."

Herbert: „Hoste aach Visitekärtscher fer de Rudi?"
Dackel Rudi bekam zwar keine Visitenkarte, aber sein Herrchen gleich zwei. Eine für den „Senior-Consultant", und eine für den „Qualitätsmanager H. Dickmilch".

Herbert: „Bekomm isch aach doppelt so viel Geld?"
Franky: „Wir brauchen noch eine 24-Stunden-Service-Hotline wie bei der Telekom, damit die Kunden immer mit anderen Mitarbeitern sprechen, die von nix eine Ahnung haben."

Karl lehnte diesen Vorschlag ab, „weil es Dellefon im Moment kabutt iss, unn dess iss genau so gut, als wie so ä scheiß Hotlein."

Derweil nahm Herbert seinen Job als Qualitätsmanager ernst. Er öffnete den Kühlschrank und sagte vorwurfsvoll zum Chief-Assistent: „Frängie, de Woi iss all!"

Danach erklärte CEO Napp die Teamsitzung für beendet, und befahl eine teambildende Maßnahme: Sie spielten Schafskopf. Aber vorher musste Chief-Assistant Franky Gläser spülen, Weißwein kalt legen, und Rudis Wassernapf auffüllen.

„Ich muss ihn sehen!“,

murmelte sie fest entschlossen. Seit Freitag war sie unfähig, an etwas anderes zu denken, als an diesen rothaarigen Winzer mit den großen, feinfühligen Pranken. Und sein Geruch! Allein der Gedanke an seinen Körpergeruch löste in ihr eindeutige Absichten aus. Noch eindeutiger ging es nicht mehr.

Aber sie musste vorsichtig sein. Siegfried guckte schon schief, wenn sie sich mit einem anderen Mann unterhielt. Seit sie mit ihm zusammen war, seitdem war er schon immer krankhaft eifersüchtig. Dabei hatte es in den insgesamt 12 Jahren nie einen Grund dafür gegeben. Es gab nur öfters hässliche Auseinandersetzungen, weil er sich etwas einbildete, was es gar nicht gab. Sie wusste auch, dass er heimlich in ihren Sachen wühlte, ihr Handy, und ihre E-Mails kontrollierte. Der Idiot!

Also keine Anrufe von Zuhause, keine Anrufe mit dem Handy, keine E-Mails, keine ...

Bei Fahrrad-Rosskopp in Kostheim lud sie das Rad aus dem Kofferraum. Eine neue Felge war fällig.

„Iss heut middaach ferdisch“, sagte der Mechaniker.

Dann suchte sie die einzige Telefonzelle in ganz Kostheim, die nicht von Vandalen zerstört war, und rief an. Dass die ersten beiden Ziffern von Kurts Nummer auf dem abgerissenen Etikett fehlten, tat nichts zur Sache. Alle Vorwahlnummern südlich von Mainz fingen mit 06 an.

„Rebenlaus“, sagte eine Frauenstimme.

Fast hätte sie aufgelegt. War Kurt auch verheiratet?

„Hast du den Hutsimpel erreicht?“,

fragte der verkaterte Ölprinz seine Anwaltsgehilfin am Montag um 10 Uhr.

„Immer noch nicht“, sagte die Frau. „Karl Napp ist wie vom Erdboden verschluckt. Auf E-Mails und Faxe reagiert er auch nicht.“

„Lass mich mal“, stöhnte der Anwalt, und rief Karl-Napps Privatnummer an.

„Ja!“, bellte Erna ins Telefon.

„Hier ist der Ölprinz!“

„Guude!“

„Ich möchte mit ihrem Mann sprechen, Frau Napp.“

„Was willste dann von dem Hutsimpel?“, fragte Erna neugierig.

„Ich habe einen dringenden Auftrag für ihn, aber ich erreiche ihn nicht.“

„Wieso?“, fragte Erna zurück. „Der hockt im Keller, unn wart uff Uffträäsch.“

„Mag sein, Frau Napp, aber ich habe keine Zeit, um ihn in seinem Büro zu besuchen. Jedenfalls reagiert er nicht auf E-Mails.“

„Ei, weil er mit dem neimoderne Kombjuderscheißdreck nit klarkommt.“

„Er reagiert auch nicht auf Faxe.“

„Ei, weil kä Babier im Faxgerät iss.“

„Auf dem Händi ist er ebenfalls nicht erreichbar!“

„Weil im Keller kään Empfang iss“, erläuterte Erna und fügte hinzu: „Außerdem verliert er dauernd soi Händi, odder er lässt es irschendwo liesche, wann er die Heef hot, odder es iss nit uffgelad, odder ...“.

„Der Festnetzanschluss ist auch tot!“, erklärte der Anwalt genervt.

„Weil de Kall widder Scheiße gebaut hot!“, erklärte Erna. Irgend ein skrupelloser Telefonverkäufer der Telekom hatte einen billigeren Tarif versprochen, ohne darauf zu achten, dass Karls Leitung zu schwach für die Super-Comfort-Flatrate sei, und jetzt sei das Telefon tot, und ...

„Wie erreiche ich den Privatdetektiv Karl Napp!?“, unterbrach der Anwalt genervt.

„Um 12 Uhr kommt er immer hoch zum Esse“, sagte Erna. „Außer heut, weil isch in de Garte muß, unn ...“

„Und wenn ich ihn jetzt sprechen möchte, weil es dringend ist?“, fragte der Anwalt.

„Ei, dann misst isch jetzt in de Keller gehe, unn den Dollbohrer rufe.“

„Bitte tun Sie das, Frau Napp!“

„E Momentsche“, fluchte Erna, trampelte schimpfend in den Keller, und brüllte: „Kall! Dellefon!!“

Karl ging schimpfend hoch in die Wohnung. Der Anwalt gab ihm Siegfrieds Telefonnummer. Karl rief ihn an. Siegfried machte ihm sofort klar, dass es dringend sei.

„Solle mir nach Tiefbach komme?“, fragte Karl.

„Auf gar keinen Fall!“, wehrte Siegfried ab. „Meine Frau darf keinen Verdacht schöpfen. Ich will ein Treffen an einem neutralen Ort.“

„De Biergarte vom Hildon Hodel in Meenz am Rhoiufer“, schlug Karl vor.

Siegfried: „Können Sie um 11 Uhr dort sein?“

„Ei sischer. Ich bring dann gleisch moi Kompetenzteam mit.“

Siegfried: „Dann sehen wir uns. Aber eins vorneweg. Ich muss auf mein Image und meinen Ruf achten. Ich verlange absolute Diskretion in diesem Fall. Auf keinen Fall darf das bekannt werden!“

„Diskretzion iss bei mir Ehresach!“, behauptete Karl und legte auf.

Als er zurück ins Kompetenzzentrum kam, verkündete Chief-Executive Officer Napp stolz, dass die Umstrukturierung der Firma schon erfolgreich war. „Männer: Mir habbe en Ufftraach!“

„Um was geht’s dann?“

Karl: „Die Fraa von eme Winzer berscht mit nem annere Winzer!“

Franky wühlte im Internet herum, und war begeistert. „Das ist ja ein richtiger Promi-Winzer! Joschka Fischer säuft seinen Wein, und ...“

Karl sah auf den Bildschirm, und war enttäuscht. Man sah einen geschniegelten, schlanken Herrn in einem teuren Anzug. „Sieht gar nit aus, wie en Winzer.“

Franky: „Das ist ja auch kein einfacher Winzer, sondern ein studierter Oenologe, der seinen Wein für 19,80 Euro pro Flasche verkauft!“

„Was Ferz“, sagte Herbert. „Fer dess Geld bekomm isch beim Rebelaus e ganz Kist voll Woi!“

„Karl: „So Kunde wie den Siegfried brauche mir. Der hot Geld. Dess iss genau unser Zielgrupp.“

Herbert: „Unn warum treffe mir den Borsch beim Hilton im Biergaade?

„Weil’s im Kompetenzzentrum aussieht wie Sau“, sagte Karl mit vorwurfsvollem Blick Richtung Chief-Assistent.

„De Frängie misst halt emol uffräume!“, forderte der Qualitätsmanager.

Karl: „Außerdem könne mir bequem zu Fuß an’s Hilton laufe.“

„Guten Tag. Ich möchte ...“

„Wollen Sie meinen Bruder Kurt sprechen?“

„Ja bitte“, sagte sie, und dabei fiel ihr ein Stein vom Herzen.

20 Sekunden später war der atemlose Kurt am Telefon. „Na endlisch!“, stöhnte er in den Hörer. „Gottseidank, isch hab schon gedacht, dass ...“

Sie: „Wann können wir uns treffen?“

„Ei sofort!“, bellte Kurt ins Telefon. „Isch muss nur wisse, wo.“

„Im Hilton in Mainz am Rheinufer. Ich bestelle ein Zimmer auf deinen Namen. Komm schnell!“

„In ner Vertelschtund bin isch dort!“, jubelte Kurt. „Wie heißt du eigentlich?“

„Ei Kurt“, sagte Kurt.

„Mit Nachnamen, meine ich.“

„Rebenlaus“, rief er ungeduldig ins Telefon, legte auf, und sprang in sein Auto.

Sie fuhr nach Mainz, buchte ein Zimmer auf seinen Namen, und zahlte bar. Das erste Treffen sollte schön sein. Deshalb wollte sie ein Zimmer mit Rheinblick. Wenn man vom Hilton auf den Fluss blickt, sieht man ja nicht, wie hässlich dieser Bunker ist.

„Mach uff!“, rief jemand, und trommelte energisch gegen die Tür.

Kurt stand atemlos vor ihr. Er war wie ein Irrer mit dem Auto nach Mainz gerast. Er trug abgeschnittene blaue Latzhosen, und schwere Arbeitsstiefel. Überall sah man Schürfwunden, und das halbe Gesicht schillerte in grün-blau-schwarzen Farben.

„Fast hädde misch die Affe net eroigelasse“, sagte er zur Begrüßung, und meinte das Hotelpersonal.

Dann fielen sie sich um den Hals. Eigentlich hatten sie ein dringendes Redebedürfnis. Aber sie kamen kaum dazu, miteinander zu reden. Die nächsten zwei Stunden taten sie, was Verliebte so tun. In den Pausen saßen sie nackt auf dem Balkon, alberten herum, und tranken eine Flasche von Siegfrieds Wein. Sie konnten nicht ahnen, dass die Detektive 15 Meter unter ihrem Zimmer im Biergarten saßen.

„Unn du? Wie heißt dann du ibberhaupt?“

„Mit dem bin ich seit 10 Jahren verheiratet“, erklärte sie, und zeigte auf das Etikett.

„Nä, odder?“

Kurt lachte sich halbtot, als er erfuhr, in wessen Frau er sich da unsterblich verliebt hatte. In die Frau des Rheingauer Rieslingkönigs. Aber, als sie duschte und sich wieder anzog, weil sie nach Hause musste, fing er fast an zu heulen.

„Wann sieh mer uns widder?“

„Morgen kann ich wieder Fahrrad fahren“, erklärte sie. „Aber ich muss vorsichtig sein. Siegfried ist krankhaft eifersüchtig.“

„Ei, wenn er Krach will, dann fahr isch zum Siggi, unn haach em uff die Fratz!“, machte Kurt einen Vorschlag zur Lösung des Problems.

„Tu das nicht!“

„Ruf misch an“, flehte Kurt. „Isch komm sofort. Egal wohin!“

Als sie das Hotel durch den Eingang an der Rheinstraße verließen, hatten sie einfach Glück. Siegfried war gerade auf der anderen Seite im Biergarten gelandet, um den Detektiv zu treffen.

„Isch bin de Kall“,

sagte Karl, und gab ihm die Hand.

„Siegfried“, sagte Siegfried irritiert, weil er geduzt wurde, und der Dackel ihn anbellte.

Herbert : „Rudi, halt’s Maul, Du Sauvieh!“

Karl: „Unn dess iss moi Kompetenzteam.“

Franky, Herbert und Rudi stellten sich vor. Siegfried sah die drei schlampig angezogen Männer zweifelnd an.

„Alles Tarnung“, erklärte Franky mit seinem Muscle-Shirt. Wir versuchen, möglichst unauffällig auszusehen. Das hat sich bei allen Aufträgen bewährt.“

„Verstehe“

Der König des Rheingauer Rieslings war ein komischer Kauz. Mit Kleidung, Auftreten und Benehmen versuchte er alles zu vermeiden, was irgendwie an einen rustikalen Winzer erinnern könnte. Auch seine Art zu reden, wirkte künstlich und aufgesetzt. Er sprach ein geschwollenes Deutsch, und versuchte in jedem Satz möglichst viele Fremdwörter unterzubringen, um zu zeigen, dass er Abitur hatte. Wahrscheinlich hatten die ganzen Wiesbadener Promis, Ärzte und Anwälte auf ihn abgefärbt, denen er seinen Wein verkaufte.

Aber als er von seiner mutmaßlich untreuen Ehefrau redete, blätterte sofort der Lack ab. Siegfried bekam einen wutroten Kopf, die Halsschlagader wurde dick, und in seinen Augen blitzte die nackte Mordlust auf.

„Hoste en Verdacht?“, fragte Karl.

„Es muss ein Winzer sein!“, sagte der Öenologe Siegfried empört.

„Wieso?“, fragte Franky.

„Deshalb!“, zischte Siegfried, und legte den Etikettfetzen auf den Tisch. „Es ist ein Winzer aus einem Ort mit einer Vorwahlnummer, die mit Null-Sechs anfängt!“

Karl: „Ehr Winzer kennt eisch doch unnernanner. En gemeinsame Bekannte, odder en guude Freund?“

„Ausgeschlossen!“

„Oder eine verflossene Jugendliebe? War· sie schon einmal mit einem Winzer zusammen?“

„Nein! Sie hat vor mir nie etwas mit Wein zu tun gehabt. Ihre Eltern sind Lehrer, und sie hat Betriebswirtschaft studiert.

Franky: „Könnte der Winzer aus Tiefbach sein?“

„Das wär ja der Gipfel der Frechheit!“, tobte Siegfried, und schlug mit der Faust auf den Tisch. Mit einem Winzer aus dem Ort! Schon allein der Gedanke an den Dorfklatsch machte ihn krank! Dann versuchte er sich zu beherrschen. „Nein. Das ist kein Tiefbacher Etikett. Ich kenne alle Winzer im Ort. Er muss außerhalb wohnen. Meine Frau fährt meistens größere Strecken mit dem Fahrrad.“

„Hm“, sagte Karl und fragte: „Wie weit fahrt se dann als?“

Siegfried: „Ich kontrolliere heimlich immer den Fahrradtacho. Oft fährt sie bis zu 80 Kilometer.“

„Ganz schee schportlisch!“, lobte Karl, und erntete von Siegfried einen vernichtenden Blick.

„Also kann der Winzer bis zu 40 Kilometer weit weg wohnen“, schlussfolgerte Detektiv Franky messerscharf.

Siegfried nickte wütend.

„Hat sie feste Tage, an denen sie Fahrrad fährt?“

„Nein. Sie fährt unregelmäßig, aber immer zwei, bis drei Mal in der Woche.“

„Alles rodscher“, entschied Herbert: „Mer klappern alle Winzer im Umkreis ab, die wo in dem Alder sinn, wo mer unnerum noch Gas gebt.“

Siegfried knirschte wütend mit den Zähnen, legte seine Visitenkarte, und ein paar Fotos seiner Frau auf den Tisch. „Ich muss jetzt drei Tage auf eine wichtige Weinmesse. Informieren Sie mich, wenn ich zurück bin?“

„Mer fange sofort an zu ermiddele!“, behauptete Karl. Franky wollte auch etwas sagen, aber Karl trat ihm auf den Fuß.

„Finden Sie den Burschen!“, knurrte Siegfried, zahlte tausend Euro Vorschuss und ging. Er hatte noch nicht einmal nach den Tarifen gefragt.

Als er weg war, bestellten sie alkoholische Getränke.

„Hoho“, lachte Karl. „Endlich emol en indressante Fall!“

„Das ist doch völlig bescheuert!“, meckerte Franky. Er versuchte sich vorzustellen, wie viele Winzer es in 40 Kilometer Entfernung von Tiefbach gab. Das war fast der ganze Rheingau und halb Rheinhessen. „Was meint ihr, wie viel hundert Winzer es in dieser Gegend gibt?“

„Ei, je mehr, desto besser!“, lachte Karl.

„Genau!“, grölte Herbert.

„Oh nein“, stöhnte Franky. Ihm war sofort klar, wie die Ermittlungen laufen sollten. Karl und Herbert würden sich in sämtlichen Straußwirtschaften der Umgebung auf Siegfrieds Kosten besaufen. Und er, Franky, musste die zwei Dollbohrer abholen, wenn sie „die Heef“ hatten.

„Ist das wirklich euer Plan?“

„Nä“, erklärte Karl in korrektem Geschäftsdeutsch. „Dess iss unser Konzept!“

Das Kompetenzteam ermittelt, Teil I

Zum Glück hatte Karl bei der Umstrukturierung seiner Firma die Kompetenzen klar abgesteckt. Chief-Assistent Franky musste die Adressen sämtlicher Winzer im Umkreis von Tiefbach heraussuchen, und ihre Etiketten mit dem vorhandenen Papierfetzen vergleichen. Falls die Winzer keine entsprechenden Internetseiten hatten, sollte er hinfahren und notfalls Wein kaufen, um vergleichen zu können. Ansonsten sollte er Siegfrieds Weingut überwachen, und seine Frau beschatten, falls sie aus dem Haus ging, und ...

„Und was macht ihr?", fragte Franky misstrauisch.

„Isch muss die Ermiddlunge koordiniere", sagte CEO Napp todernst.

„Isch bin hier nur de Qualidätsmänätscher", behauptete Herbert, und drehte Däumchen.

Franky fuhr nach Tiefbach zu Siegfrieds Aussiedlerhof, und überwachte aus sicherer Entfernung das Eingangstor. Mehr brauchte er nicht zu tun, weil sich ein gewaltiger schmiedeeiserner Zaun mit gefährlich spitzen Zaunspitzen um das Unwesen zog. Die Winzerin konnte den goldenen Palast also nur durch das Tor verlassen. Beim Warten versuchte er mit dem Smartphone im Internet Etiketten zu vergleichen.

Um 12:15 Uhr verließ eine schlanke 40jährige Frau mit roten Haaren auf einem Fahrrad das Anwesen. Franky folgte in sicherem Abstand, und fing an zu fluchen. Erstens war es nicht ganz unauffällig, in einem alten tiefer gelegten BMW mit kaputtem Auspuff eine Radfahrerin zu beschatten. Zweitens hatte sie anscheinend eine tiefe Abneigung gegen Straßen. Sie fuhr lieber über betonierte Feldwege, und radelte Richtung Kostheim.

Der BMW röhrte in gehörigem Abstand hinter ihr her. Als er einem entgegenkommenden Radler auswich, blieb der BMW mit dem rechten Hinterrad im nassen Feld stecken, und fuhr sich fest. Ende der Observation. Franky musste eine Stunde warten, bis ein Winzer auf seinem Trecker vorbeikam, und ihn herauszog.

„Bass acht“, sagte der Winzer zum Abschied. „Seit neustem kontrolliert hier als die Bolizei.“

Kurz vor Kostheim stoppte ihn eine Polizeistreife. Der Polizist erklärte ihm, dass er sich hier auf einem landwirtschaftlichen Nutzweg befinde, auf dem kein PKW-Verkehr erlaubt sei. Als der BMW-Fahrer schlecht gelaunt meckerte, bekam er deshalb ein Protokoll. Und wegen den abgefahrenen Reifen noch eins. Und dazu eine Verwarnung, weil der Auspuff kaputt war. Und noch eine, weil er keine Warnweste im Wagen mitführte. Und der TÜV war abgelaufen, und ...

Der Chief-Assistent führ zurück nach Mainz, und lieferte die gesammelten Belege ab.

„Bist du depp?“, fragte Si-Ei-Oh Napp.

„Ganz schleschte Arbeit!“, tadelte Qualitätsmänätscher Herbert Dickmilch.

Dann hielten sie eine Teamsitzung ab. Immerhin wussten sie jetzt, dass die Winzerin Richtung Kostheim gefahren war. Das war ein Anhaltspunkt.

„Erstens fährste jetzt den scheiß BMW in die Werkschtatt!“, befahl Karl.

Zweitens sollte Franky die Winzerin ab sofort mit dem Fahrrad observieren. Das war weniger auffällig, und viel billiger, als mit einem kaputten Auto hinterher zu fahren.

„Und was macht ihr?“

„Mir ermiddele in Kostem!“

„Babbel kä Scheißdreck!“,

sagte Erna zu dem „Energieberater“. Der Mann versuchte, ihr eine blödsinnige Außenisolierung für das 12-Familienhaus aufzuschwatzen.

„ ... aber energiegerechte Sanierung wird auch staatlich gefördert und ...“

„Meenste, isch bin depp? Isch bezahl doch kä Isolierung fer 60000 Euro, nur damit inne die Wohnunge schimmelisch wer’n!“

„Aber die Heizkosten Frau Napp!“

„Isch schpar Heizkoste, indem isch erst im Oktober die Heizung anschtell, unn Ende März widder abschtell! Wem dess nit basst, der soll ausziehe!“

„Aber ...“

„Raus!“, zischte Erna, und warf dem „Fachberater für nachhaltige Energiesparkonzepte“ den Musterkoffer hinterher. Aber kaum war der Gauner draußen, da klingelte schon der Schornsteinfeger. Erst überprüfte er die Heizungsanlage. Da war noch alles in Ordnung. Aber dann fand er den alten Kamin, an dem Ernas uralter Küchenherd angeschlossen war.

„Host Du was an de Erbs!“ fragte Erna Napp den Schornsteinfeger, und drängte ihn in die Ecke.

„Nein“, wehrte sich der Schornsteinfeger, und ging rückwärts. Sicherheitshalber nahm er beide Hände hoch, und ging in Doppeldeckung.

„Isch glaab, es hackt!“, brüllte Erna.

„Ich kann nichts dafür“, verteidigte sich der Schornsteinfeger. „Das sind die neuen nachhaltigen EU-Abgasnormen!“

„Scheißdreck iss dess!“, brüllte Erna, und schlug ihm das neue, auf Umweltschutzpapier gedruckte EU-Formblatt um die Ohren.

„Frau Napp, ich kann doch nichts dafür!“

„Rauss!!“, brüllte Erna. „Abber dalli!“

Fluchtartig flüchtete der Schornsteinfeger vor der Eigentümerin des Mehrfamilienhauses. Das schlimme an der Sache war, dass die Frau völlig recht hatte. Umweltschützer, Gesetzgeber und Industrie zogen an einem Strang. Sie wollten die alten Öfen verbieten, um den Leuten komplizierte, sauteure Pellets-High-Tec-Geräte mit digital gesteuerter Umluftanlage anzudrehen.

„Niemand verbiet mir moin Ofe!“, brüllte Erna empört vom Balkon herunter. Der Holz-Kohle-Küchenherd war 80 Jahre alt. Man konnte damit heizen, kochen und backen. Schwiegermutter Annemie Napp hatte ihn 1945 aus den Trümmern ihres zerbombten Hauses gezerrt, und in den Keller gestellt, damit die Familie Napp nicht erfror. Und ausgerechnet diesen Ofen wollten jetzt irgendwelche Idioten verbieten!

„Lieber schpreng isch es ganze Haus in die Luft!“, brüllte Erna empört.

Erna war die ökologischste Bewohnerin ihres 12-Familienhauses. Sie drehte jeden Cent dreimal um, und warf nichts weg. Anstatt eine Gas-Wasser-Scheiße–Firma anzurufen, wenn das Kloo verstopft war, krempelte sie die Ärmel hoch, zerrte die verschissenen Windeln aus der Kloschüssel, und hielt sie den Mietern unter die Nase.

Erna kaufte auch keine Billigsocken im Discounter, die nach zweimal Waschen einschrumpfen. Erblich bedingt, hatte sie Arthrose. Dagegen kämpfte sie, indem sie Wollsocken strickte. Das hielt die Finger beweglich.

Erna kaufte auch keine „Bioprodukte“ bei Aldi und Lidl. Sie fuhr mit dem Fahrrad in die Ebersheimer Straße, tobte in ihrem Schrebergarten herum, und kam beladen mit Obst und Gemüse wieder zurück. Gartenarbeit ist viel besser als Triathlon, Nordic-Walking, diese bescheuerten Fitness-Studios, oder ähnlicher Unfug.

Vor allem war das Nachkriegskind Erna ökologisch sparsam, wenn es ums Heizen ging. Jedes Frühjahr regte sie sich tierisch über die Heizkostenabrechnung von Schtoltes auf. Anscheinend konnten diese grün-alternativen Nichtraucher nur den Winter überleben, indem sie ihre Wohnung mit 25 Grad überheizten. Und im Sommer bekamen sie Kreislaufzusammenbrüche, weil es „unerträglich heiß“ war. Deshalb vergeudeten sie unglaublich viel Strom für Ventilatoren, und waren dauernd erkältet.

„Alles Idiote!“, knurrte Erna, und fing an, Zeitung zu lesen, um sich zu beruhigen. Die Zeitungslektüre bewirkte aber das Gegenteil. Wütend schrieb sie einen Brief.

An den Oberbürgermeister, den Finanzdezernenten, und die Baudezernentin der Stadt Mainz

Seid Ihr jetzt ganz depp? Soeben habe ich in der Zeidung gelesen, dass Ihr das Meenzer Rathaus für 50 Millionen Euro sanieren wollt, obwohl jeder Maurerlehrling weiß, dass es dann zum Schluss vorneweg 70 Millionen kosten wird.

Weil ich mehr Ahnung vom Bau habe, als Ihr alle drei zusammen, deshalb stelle ich Euch jetzt ein nachhaltiges und werthaltiges Sanierungskonzept für den Betonbunker in Höhe von 5 Millionen vor.

Außensanierung:

Wir stellen ein Gerüst, robben die hässlichen Platten ab, und schmeißen sie in den Rhein. Gleichzeitig reißen wir die Gefängnisgitter raus, und bauen einfach verglaste Fenster ein, die sich öffnen lassen. Anschließend streichen wir das Rathaus in Fassenachtsfarben bunt an. Nebenbei kann die Stadt Geld verdienen, indem sie hunderte Quadratmeder Außenfassade als Werbefläche zur Verfügung stellt. Zum Schluß bauen wir dess Gerüst ab, und damit ist die Außensanierung des Rathauses ferdisch!

Innensanierung:

Mir schenken die vergammelte Heizungsanlage einem Schrotthändler, der sie umsonst ausbaut und entsorgt. Statt einer neuen sauteuren Heizung kauft die Stadt Mainz jeden Oktober 1000 Ferkel, und quartiert sie im Erdgeschoß (Foyer) ein. Die Wutzen werden von den grünen Abgeordneten mit Küchenabfällen aus der Kantine ökologisch-biodynamisch gefüttert, und täglich mit frischem Stroh versorgt. Abgeordnete aus allen Fraktionen müssen abwechselnd die Säue rudelweise durch die Stadt treiben, damit beide Auslauf bekommen. Der Saustall im Rathaus wird den ganzen Winter über nicht gemistet! Wutzenscheiße und der wachsende Mist heizen wie Sau! Die Tiere produzieren genug Öko-Wärme, um über die offenen Heizungskanäle alle Büros bis in den fünften Stock zu heizen. Wem es zu warm wird, der soll einfach das Fenster uffmache!

Nach Ende der Heizsäsong werden die Sauviecher von der Stadt (Amt für Wirtschaft und Liegenschaften) gewinnbringend verkauft. Auch der Biomist kann vom Grünamt an Schrebergärtner verkauft werden. So habbe mir die Anschaffungs- und Wartungskosten für eine konventionelle Heizung gespart, die laufenden Energiekosten auf nahezu Null reduziert. Bleibt nur noch die Frage, wer im Frühjahr den Saustall im Rathausl ausmisten soll? Ich schlage vor, das sollen die Artisten machen, die wo den Bunker unter Denkmalschutz geschtellt haben.

Herr Oberbürgermeister, Herr Finanzdezernent, Frau Baudezernentin! Bitte überprüfen Sie mein werthaltiges und nachhaltiges Sanierungskonzept. Damit ersparen Sie dem Steuerzahler mindestens 45 Millionen Euro plus Zinsen, sowie mehrere hunderttausend Euro Energie- und Wartungskosten jährlich.

Mit freundlichen Grüßen, Erna und Karl Napp.

P.S. Wenn die vornehmen Damen und Herren im Rathaus zu faul sind, um die Wutzen zu füttern, und den Saustall auszumisten, dann mach ich's zusammen mit meinem Mann, dem Hutsimpel. Mir sind bereit, den ganzen Bunker für monatlich 3500 Euro brutto von Oktober bis März mit meiner biodynamischen Wutzenheizung zu heizen. Dann will ich aber auch die Kohle vom Schweineverkauf einsacken. Und zwar schwarz!

„So!“, sagte Erna, klebte den Brief zu, und pappte eine Briefmarke drauf. Aber weil sie der Post mit ihren ständig wechselnden Briefträgern nicht traute, die dauernd irgendwelche Adressen nicht fanden, deshalb fuhr sie den Brief mit dem Fahrrad persönlich auf's Rathaus. Um ganz sicher zu gehen, warf sie den Brief auch nicht in den Briefkasten, sondern marschierte ins Foyer zu dem netten tätowierten Pförtner mit Glatzkopf.

„Guude! Wo issen de Borjemooster?“

„Woher soll isch dess wisse? Soll isch jetzt aach noch dem soi Terminkalenner mache?"

„Isch hab en Brief fer den Borsch!"

„Ei, her damit!"

„Kommt der Brief bei dem Obbermatschores aach werklisch an?"

„Abber sischer", sagte der Pförtner.

„Kann isch misch druff verlasse?"

„Extra fer Disch mach isch sogar en Schtembel druff!", lachte der Pförtner.

„Dess will isch hoffe!", knurrte Erna, und beobachtete misstrauisch, wie der Mann den Brief mit einem Eingangsdatumsstempel abstempelte.

Beim Verlassen des baufälligen Rathauses lief ihr der originellste Politiker von ganz Mainz über die Füße. Auch ein Expolizist, der jetzt als Privatdetektiv arbeitete. Der Mann kämpfte vergeblich gegen die Schließung der Rathauskantine. Die SPATZ-Kantine bereitete täglich 600 Essen zu, unter anderem für alte Leute und Kindergärten. Aber die Kantine sollte geschlossen werden, weil sie Verlust machte. In Wahrheit kam der Verlust daher, weil alle Rathausfraktionen vom Kantinenleiter jahrelang verlangten, fürstliche Büffets für lächerlich wenig Geld zu liefern, damit die Kommunalpolitiker bei ihren Veranstaltungen billig fressen und saufen konnten. Deshalb saßen sie ja auch im Vorstand der gemeinnützigen SPATZ-GMBH.

„Ei Guude. Was macht dann de Kall?"

„Weiß isch net", sagte Erna zum Abschied. „Bin froh, wenn isch den Hutsimpel net seh."

Das Kompetenzteam ermittelt, Teil II

„Tret die Kupplung rischdisch dorsch!“, befahl Herbert.

„Wau, Wau, wau“, bellte Rudi, und tobte wie ein Irrer im Auto herum, weil er am Kostheimer Straßenrand einen Hund sah.

Franky saß am Steuer, und hielt die Luft an. Herberts jägergrüner Opel stank bestialisch nach Hund und Zigarrenrauch. Außerdem lagen überall im Wagen verwesende Knochen herum, damit der Dackel etwas zu knabbern hatte.

„Da vorne am Beizje kannste uns absetze!“, befahl Karl. „Dess iss unser Hauptstützpunkt fer alle Ermiddlunge in Kostem.“

Gehorsam setzte Franky die beiden Hutsimpel und den Hund ab. Zu dritt marschierten sie schnurstracks in die Gaststätte „Zur Sängerklause“.

Franky fuhr weiter nach Tiefbach. In sicherem Abstand zu Siegfrieds Weingut stellte er den Wagen ab, und wartete. Falls sie das Haus mit dem Auto verließ, würde er mit dem Auto folgen. Falls sie das Haus mit dem Fahrrad verließ, würde er Karls altes Rennrad aus dem Kofferraum holen, und ihr folgen.

Um 11:30 Uhr radelte sie aus dem Hoftor. Franky schnappte das Rennrad, und folgte ihr. Um 11:35 Uhr fing es an zu regnen. Sie stoppte, zog Regenklamotten aus der Satteltasche, und fuhr weiter Richtung Kostheim. Franky hatte keine Regenklamotten. Er hatte auch keine Schutzbleche. Ruckzuck war er patschnass. Besonders unangenehm war das Dreckwasser, das vom Hinterreifen an seinen Arsch spritzte. Und vorne taten ihm die Eier weh, weil der knochenharte Sattel falsch eingestellt war.

x Hochheim

Auf dem verschlammten Feldweg kurz vor der Donnermühle kam er mit seinen dünnen Reifen ins Schlingern, schlug mit den Eiern auf den Rahmen, und fiel in den Dreck. Er brüllte vor Schmerz, rappelte sich hoch, und fuhr weiter. Kaum zehn Meter gefahren, holperte das Hinterrad merkwürdig. 30 Meter weiter, wusste er auch, warum. Er hatte einen Platten. Rennradreifen sind nicht für Feldwege gemacht. Weit vor ihm fuhr sie pfeifend durch den Regen. Franky stellte sich unter einen Baum, und tastete seine schmerzenden Eier ab. Er hatte das Gefühl, dass sie immer dicker wurden. Auf jeden Fall zog der Schmerz unangenehm hoch in die Bauchgegend. Als es nicht aufhörte zu regnen, schob er das platte Rad durch den Regen zurück nach Tiefbach. Kurz bevor er an Herberts Auto kam, hörte es auf zu regnen, und fünf Minuten später herrschte wieder strahlender Sonnenschein. Franky setzte sich ins Auto, und versuchte, nicht an seine Schmerzen zu denken.

Eine Stunde später rief Karl an: „Unn, wie siehts aus?“
Franky: „Ich hab sie verloren, weil ich einen Platten hatte. Aber sie war auf dem Weg nach Kostheim.“

„Unn sonst?“
„Ansonsten habe ich wahrscheinlich eine Hodenprellung.“

„Flick den platte Reife, unn bleib dran!“
Im Hintergrund hörte Franky Kneipengebabbel und das Düdelüt des Spielautomaten.

Stunden später der nächste Anruf: „Frängie! Mach Feierabend! Hol uns beim Scheerbaum ab, unn fahr uns an de Woiprobierschtand!“

Erotische Wanderwege in köstlich Kostheim

Herbert: „Meenste werklisch, dass die Fraa vom Siegfried mit eme Winzer aus Kostem berscht?"

„Mer schteckt net drin", meinte Karl achselzuckend, und behauptete, dass er einen bestimmten Verdacht habe. Es gab nämlich in Kostheim einen Winzer, der berühmt für seine Frauengeschichten war. Das war auch derselbe, der „mehr Schparschele verkeeft, als er Äcker hot."

Herbert: „Unn da gehe mir jetzt hin?"

„Nä", sagte Karl, öffnete die Tür der Gaststätte „Zur Sängerklause", und erklärte: „Wenn de hier ebbes wisse willst, dann musste ins Beizje gehe. Dess iss die Nachrischtezentrale fer ganz Kostem."

„Aha", staunte Herbert, und sah sich um. An der Theke hockten zwei Männer. Ein dünner und ein dicker. Plötzlich griff der Dünne dem Dicken an die Brust, und quetschte seine Brustwarze.

„Bist du depp!?", fragte der Dicke empört.

„Boah, host du geile Klöß!", feixte der Dünne.

„Dess gefallt mer!", lachte Herbert, und dabei wackelte seine Speckbrust.

Ansonsten kamen ehemalige Ringer, Gewichtheber und Boxer ins „Beizje". Alle Kostheimer waren irgendwann Ringer, Heber und Boxer gewesen. Die ganz alten hatten noch alle drei Sportarten gleichzeitig betrieben. Das war damals nötig gewesen, um handfest in jeder Lebenslage ihren Ruf zu verteidigen. Legendär war immer noch der ehemalige Wirt der Athletenklause, der ganz alleine verhinderte, dass eine Rockergruppe seine Kneipe verwüstete. Weil sie drohten, mit Verstärkung wieder zu kommen, stand er am nächsten Tag kampflustig hinter der Theke, schwenkte den Baseballschläger, und rief voller Vorfreude: „Hoffentlisch komme se heit widder!“.

Am schönsten war die Geschichte der Ringer, die immer gemeinsam Mainz besuchten. Dabei war immer ein Kleinwüchsiger. Der Kleine hatte den Auftrag, Krach anzufangen. Und wenn ihn einer verprügeln wollte, dann griffen die schweren Herren ein, um selbstlos ihren Kumpel zu verteidigen.

„Ja, ja“, erinnerte sich Herbert, der damals als Polizist in Mainz gearbeitet hatte.

Nach dem dritten Schoppen kamen sie mit einem Experten ins Gespräch. Karl lenkte das Thema geschickt auf die „Berschterei“. Prompt wurden sie haarklein über die Familienverhältnisse aller hiesigen Winzer aufgeklärt.

Überhaupt gab es nichts, was dem Experten in den letzten 2000 Jahren im Ort entgangen war. Er war ein wandelndes Ortslexikon. Irgendwann fragte er: „Seid ihr guud zu Fuß?“

Ruckzuck bekamen sie eine touristische Führung der Sonderklasse. Es gab keine Ecke zwischen dem „Nosegässje“ und dem „Euleloch“, zu dem der Kerl keine Geschichte zu erzählen hatte. Er führte sie durch ein Labyrinth aus winzigen Häuschen zur „Flößerdippegass“, die so eng war, dass der dicke Herbert Platzangst bekam.

„Jetzt zeisch isch eisch die Gemarkung!“, erklärte der Fremdenführer, und lief los wie ein Wiesel.

Karl, Herbert und Rudi dackelten schwitzend hinterher.

„Dess iss die Pariser Wies!“, erklärte der Ortshistoriker.

Auf der Pariser Wiese trafen sich in der elenden Nachkriegszeit nachts hungernde Mädchen und Frauen aus nackter Not mit amerikanischen Soldaten, um etwas Essen und Nylonstrümpfe zu verdienen.

„Unn was hot dess mit Paris zu tu?“, fragte Karl.
„Ei, morschends war die ganz Wies immer voll mit babbische Pariser“, erklärte der Mann.

Im Zickzack über Felder und Weinberge flitzend, blieb er vor einem alten Baum stehen, unter dem eine Bank stand. „Dess iss unser Kostemer Knuddelbäämsche!“, schwärmte er mit leuchtenden Augen. Generationen von Kostheimer Jugendlichen hatten sich hier heimlich getroffen, weil Sex vor der Ehe streng verboten war.

„Was habbe mir hier als schee geberscht, gekachelt, genaachelt unn gefeilt“, erläuterte der alte Fremdenführer mit romantisch verklärtem Blick.

Als sie über eine kleine Brücke tappten, sagte der Scout: „Dess iss unser Käsbach“.

„Warum heißt der Bach Käsbach?“
„Weil er manschmal schtinkt, wie en alde Käs!“

Irgendwann landeten sie an einer Quelle. Dackel Rudi stürzte sich sofort in das kühle Nass.

„Es Kostemer Weidebrünnsche“ erklärte der Führer, „iss besser, als wie es heilische Wasser in Lourdes.“

„Wieso?“
„Fraue, die dess Wasser saufe, die werde sofort schwanger!“

„Jetzt langt’s abber!“, meckerte Karl. „Isch will nit schwanger werr’n. Isch hab äfach Dorscht wie e Kuh!“

Da klopfte der Fremdenführer an ein Tor hinter dem Brunnen. Ein dünner älterer Mann öffnete.

Fremdenführer: „Ei Guude, Werner. Geb dene zwä Männer zwä Fläschjer Flaschbier, damit se nit umfalle!“

Karl, Herbert und Rudi staunten. Hinter dem Tor verbarg sich eine große Gartenanlage. Außer Schrebergärten gab es aber unglaubliche Sensationen zu bestaunen. Werner, auch genannt „der schwarze Hengst von Kostheim“ war ein Sammler vor dem Herrn. Er sammelte und restaurierte seit Jahrzehnten uralte landwirtschaftliche Geräte, Maschinen, Traktoren, und weiß der Teufel. Jedes Technik- und Volkskundemuseum dieser Welt musste vor Neid erblassen. Noch erstaunlicher war, dass sich Rudi benahm wie ein Lamm.

„Isch war emol Reddungshundeschtaffelführer“, sagte Werner, und führte die Besucher durch seine Sammlung. Weil Winzersohn Herbert Ahnung von alten Maschinen hatte, konnte er ein wenig fachsimpeln. Karl verstand nur Bahnhof, und trank Bier.

Dann musste Gartenverpächter Werner weg. Der Fremdenführer blieb gleich hier. Er klopfte den beiden Besuchern auf die Schulter, und sagte: „Eigentlisch wollt isch nur vom Beizje in de Garte schpaziere, unn gucke, wie die Tomate wachse.“

Es war 15 Uhr. Vom Weidenbrünnchen gingen sie ein paar Meter weiter bis zum Weingut Scheerbaum.

Karl: „Fer de erste Daach sinn mir schon ganz schee weit komme mit unsere Ermiddlunge.“

„Alles rodscher“, stimmte Herbert zu, und schnitt Rudi ein Stück Fleisch ab. „Große Schnitzel, kalde Sauergeschpritzde, unn de Siegfried zahlt alle Schpese.“

„Unn noch besser“, schwärmte Karl. „Mir misse aach noch zu de Winzer Haupt, Hohmann, Schilling, Sauer, Frosch, Bott, Brodöehl ...“

Herbert: „In Kostem kenne mir wochelang ermiddele!“

„Wau“, stimmte Dackel Rudi zu.

Um 17:30 Uhr wurden sie von Franky abgeholt, und zwecks weiterer Ermittlungen zum Weinprobierstand am Mainufer gefahren. Franky setzte sie dort ab, und suchte einen Parkplatz.

„Der Pate ist am Telefon!“,

warnte die Anwaltsgehilfin am Freitag, um 17:40 Uhr.

„Schon wieder?“, stöhnte der Ölprinz genervt. Es war kein Zuckerschlecken, als Anwalt für die Handkäsmafia zu arbeiten. Brezelmüller, Fleischworschttoni und Hohlblockfriedel waren gnadenlos. Erstens musste man dauernd mit ihnen saufen gehen. Ging man nicht mit, waren sie beleidigt. Zweitens bekam man die unmöglichsten Aufträge; zum Beispiel ein Weingut für die Herren aussuchen. Drittens waren sie gnadenlos. Sie riefen morgens, mittags, nachts und sonntags an. Und alles musste sofort erledigt werden.

„Wie weit bist du?“, fragte Brezelmüller im Befehlston.

„Ich bin noch am sondieren“, log der Anwalt.

„Wann ist die erste Weingutsbesichtigung?“

„Bald“, stöhnte der Anwalt.

„Toni will dich auch noch sprechen.“

„Bass acht!“, krähte Toni ins Telefon. „So klääne Knorzelbetriebe brauchste erst gar nit zu suche. Unser Woigut muss größer als wie dess vom Siegfried soi. Vorneweg 40 Hektar! Unn uff alle Fäll muss die Gastronomie greßer unn besser als wie beim Gaul, odder uff de Laubenheimer Höh soi! Verschtehste?“

„Jaa“, sagte der Anwalt genervt.

„Du musst das machen!“, befahl der Pate zum Schluss. „Du bist der einzige von uns, der wenigstens ein bisschen Ahnung von Wein hat! Also gib Gas!“

„Nervensäge!“, brummelte der Anwalt, nachdem er aufgelegt hatte. Er brauchte dringend Hilfe von einem Weinfachmann, oder einer Weinfachfrau, um diesen idiotischen Auftrag zu erledigen.

Die hessische Geschmackspolizei greift ein

Parkplatzsuchen in Kostheim war nicht einfach. Die Verkehrsführung in diesem Ort war gründlich bescheuert. Den einzigen Blödsinn, den es hier nicht gab, waren sinnlose Kreisel. Aber sonst war alles getan worden, um möglichst viele Autos und LKW's durch ganz Altkostheim zu jagen. Freitagsnachmittags wälzte sich eine endlose Blechlawine durch die Haupt- die Münchhof- und die Ludwigstrasse.

Zudem wurden gerade alle Strassen aufgerissen, wobei wie immer kein zuständiges Amt mit dem anderen redete. Erst robbten die Gasmänner die Strassen auf, verlegten Rohre, und schütteten sie wieder zu. Dann kamen die Wassermänner, robbten die Strassen auf, legten Rohre, und schütteten sie wieder zu. Dann kamen die Elektrischen, robbten die Strassen auf, legten Leitungen, und schütteten sie wieder zu. Zum Schluss kamen Reperaturtrupps, um die Strassen wieder aufzurobben, und zuzuschütten, weil irgendwer bei Erdarbeiten irgendwelche Leitungen von anderen beschädigt hatte. Jedenfalls gab es in Kostheim aufgrund von Strassenbauarbeiten noch weniger Parkplätze als gewöhnlich.

„Was wird hier gebaut?“, fragte Franky aus dem Auto heraus eine alte Passantin mit Rollator und Hund.

„Ei, die baue e U-Bahn vom Beizje bis zum Postilliong“, kicherte die Frau. Während sich Franky mit ihr unterhielt, konnte er im Seitenspiegel beobachten, wie ihr Hund an das Hinterrad vom Auto pinkelte.

Drei Minuten später war wieder Stillstand, weil ein großer Radlader langsam rangieren musste. Franky stellte den Motor ab, und sah zu, wie der Fahrer ein riesiges Rohr zum Arbeitsplatz schleppte, um es behutsam und mit viel Gefühl in die schmale Straßenfurche einzuführen. Das Riesenrohr hing an einer Kette, und schwankte aufgeregt zwischen den Häusern der Viktoriastrasse hin und her. Beinahe hätte es die Backsteinfassade des kleinen Puffs in der Nummer 35 eingerissen. „Fischers Treff", hieß das Ding, und man konnte nur hoffen, dass der Verkehrsminister den Frauen wegen dem Baulärm Verdienstausfall zahlte.

Entschieden verschärft wurde das Problem durch digitale Vollidioten, die keine Landkarten mehr lesen konnten, weil sie Navis hatten. Dauernd irrten Autofahrer in der Wilhelm- Luisen- und der Taunusstrasse herum, weil sie Mainz-Kostheim mit der hessischen Landeshauptstadt Wiesbaden verwechselten. Franky tuckerte hinter einem verwirrten Porschefahrer mit Bremer Kennzeichen in der Luisenstrasse hinterherher, der dauernd bremste, und Passanten saudumme Fragen stellte: „Ich bin Chefarzt, und muss dringend auf eine wichtige Tagung. Wo ist denn hier das Kongresszentrum?"

„Du schtehst genau devor", lachte ein Kostheimer Busfahrer mit Schnurrbart, und zeigte auf die Gaststätte „Zum Postillon".

Der Porschefahrer bog beleidigt links ab, um das große Wiesbadener Kongresszentrum in der winzigen Kostheimer Wilhelmstrasse zu suchen.

Jedenfalls musste Franky den Ortskern dreimal umzingeln, bis er in der Taunusstraße einen korrekten Parkplatz fand, ohne eine Einfahrt zu versperren. Er stellte das Auto hinter einen blauen Handwerkerbus.

Aber kaum hatte er den Motor abgestellt, da brüllte eine Stimme über die Gasse: „Vollidiot!!"

Der kann ja nicht mich meinen, dachte Franky, und stieg aus.

„Arschloch!!“, brüllte der Brüllaffe.
Franky zuckte mit den Achseln, und wollte zum Weinprobierstand gehen.

„Idiot! Arschloch! Fahr sofort dess Audo weg!!“, brüllte der Schreihals hinter seinem Rücken.

Franky drehte sich um, und musste lachen. Da stand ein aufgeregter dicker Mann in einer blauen Latzhose. Er sah aus, wie das berühmte Michelinmännchen. Der gewaltige Bauch war so prall, dass die Hose fast platzte. Das Unterhemd war am Oberkörper hochgerutscht, und gab gewaltige Speckwülste frei, die bedrohlich schwabbelten, weil das Männchen aufgeregt mit den Ärmschen fuchtelte.

„Fahr dess Audo weg!!“, brüllte der Popanz. „Du schtehst vor moim Haus!“

Franky blickte diese Witzfigur an. Erst jetzt wurde ihm klar, was an dem Kerl so komisch war. Er hatte keinen Hals. Er hatte einfach keinen. Er hatte nur einen dicken Kopf, der übergangslos auf dem halslosen Rumpf sass.

„Vollidiot!!“, brüllte der Mann mit rotglühendem Kopf. „Fahr sofort dess Audo vor moim Haus weg!!“.

Dabei fuchtelte er mit den Armen, und riss das Maul auf, um neue Beschimpfungen auszustossen. Anscheinend stand der Brüllaffe kurz vor einem Herzinfakt. Er bellte wie ein blöder Hofhund, der nicht kapiert, dass die Straße außerhalb seines Reviers liegt.

Als der Brüllaffe immer näher kam, und immer lauter brüllte, fragte Franky: „Gehört dir die Straße?“

„Seit wann sinn mir per Du??!!“, brüllte der Schreihals empört, kam noch näher, und brüllte noch lauter.

„Gleich rappelt's!“, warnte Franky. Er war kurz davor, dem Depp eine zu klatschen.

Das merkte auch der Depp. Deshalb blieb er stehen.

„Hast Du eben Arschloch zu mir gesagt?!", fragte Franky wütend.

„Ei, Sie misse sisch ja nit angeschproche fühle!!", schrie der Depp, und flüchtete in seine Garage.

Franky ging hinterher.

Da schrie das Michelinmännchen hysterisch: „Verlasse sie sofort moi Grundschtück, odder isch hol de Anwalt!"

Franky war kein Schläger. Er kochte innerlich, drehte sich aber um, und wollte zum Weinprobierstand gehen.

Da stand die alte Frau mit dem Rollator und dem Hund vor ihm: „Bub, mach dir nix draus", kicherte sie. „Dess iss de greeste Depp vun ganz Kostem. Wenn de dem Dollbohrer en Appel ins Maul schteckst, dann kannste den Wutzkopp in die Vitrin von ner Metzgerei ausschtelle."

Immer noch wütend, lief Franky zum Weinprobierstand. „Ich geh zurück, und hau dem Depp auf's Maul!"

„Frängie, mach kä Quatsch", warnte Karl.

„Gewalt iss kä Lösung", lachte Herbert, der als Jugendlicher auf der Mommenheimer Kerb einfach jeden verprügelt hatte, der nicht aus dem Ort kam.

Zu dritt liefen sie in die Taunusstraße, stellten sich vor die Garage, und zeigten ihre Detektivausweise.

„Der war's!", sagte Franky, und zeigte auf den Depp.

„Wolle Sie was von mir?", fragte der Depp unsicher.

„Hauptwachtmeister Dickmilch von de Hessische Geschmacksbolizei", stellte sich Herbert vor. „Uns liesche schwerwieschende Beschwerde gesche die hessische Geschmacksverordnung vor!"

„Wie, äh ..."

„Der hot e Figur wie en vollgeschissene Schtrump!", sagte Hauptwachtmeister Dickmilch streng.

Oberwachtmeister Napp zückte seinen Notizblock, notierte dieses Vergehen, und Wachtmeister Franky verkündete: „Das kostet 40 Euro!"

„Kopp wie e Wutz!", sagte der dicke Dickmilch.

Karl notierte, und Franky verkündete: „Wutzenkopf kostet 60 Euro Strafe!"

„Offener Hoselatz!", sagte Herbert, Karl notierte, und Franky verkündete eine Strafe von 80 Euro.

„Da verschrecke ja alle Kinner, so wie der aussieht!"
Wegen „Kinder erschrecken", bekam er eine Strafe von 100 Euro.

„Da vergeht ja alle Fraue die Lust am berschte!"
Für den Sonderstrafbestand „Lust am Sex vermiesen", sollte der Depp 200 Euro zahlen.

„Außerdem bist du ä Schand fer's ganze Deutsche Handwerk! Guck disch emol an! Siehst jo aus, wie en Heizkessel korz vor'm platze!"

„300 Euro", verkündete Wachtmeister Franky.
„Außerdem biste zu bleed, um die Schtrasseverkehrs-ordnung zu kapiere."

„400 Euro!"
„Freundsche! Moi Audo bleibt jetzt drei Monat vor doim Haus schtehe! Wehe, isch seh aach nur ään Kratzer!"

Zum Schluss sollte er noch einen Euro Strafe wegen Beleidigung, und „asozialem Benehmen" zahlen. Oberwachtmeister Napp warf ihm einen Strafzettel über insgesamt 1181 Euro vor die Füße.

„Ab morsche meldste Disch täglisch um acht Uhr bei de Kolleesche uff em Bolizeirevier Zwää im Weiße Haus!"

„Aber mit geschlossenem Hosenlatz!", warnte Wachtmeister Franky zum Abschied.

Nächster Halt, Mainz HBF: Fällt aus!

Am Samstag morgen wurde Franky mit dem Fahrrad in Tiefbach abgesetzt, Herbert und Karl fuhren nach Kostheim. Sie hatten noch eine lange Liste Kostheimer Winzer zu überprüfen.

Gegen 11 Uhr verließ sie mit dem Fahrrad den Hof. Franky hechelte hinterher. Mit übermenschlicher Anstrengung verfolgte er die Winzerin über Mainz und Klein-Winternheim bis Nieder-Olm. Aber dort bog sie plötzlich links ab, und jagte den Ebersheimer Stich hoch. Franky hatte keine Chance. Nach 200 Metern musste er aufgeben. Nach Luft japsend, stieg er vom Rad, und ließ sich am Straßenrand hinfallen. Damit ihn niemand sah, verkroch er sich seitlich in einen Feldweg. Hatte sie ihn bemerkt, und hängte ihn absichtlich ab?

Die Winzerin hatte ihren Beschatter nicht bemerkt. Dazu war sie viel zu verliebt. Sie fuhr einfach ab und zu einen Schlenker, um keinen steilen Anstieg auszulassen.
Jetzt radelte sie halt über Ebersheim, Harxheim und Hahnheim zum Treffpunkt. Kurt sass schon ungeduldig auf der Terrasse von „Schloß Sörgenloch“.

„Was iss?“, fragte er heißhungrig in jeder Beziehung. „Erst berschte unn dann esse, odder umgekehrt?“

„Als Vorspeise bürsten, dann essen, unn zum Nachtisch noch einmal bürsten“, entschied sie lachend.

Das Schloß Sörgenloch hatte drei Vorteile: Erstens gutes Essen, zweitens eine Terrasse mit wunderschönem Blick über die rheinhessischen Hügel, und drittens nette Hotelzimmer. Wie gemacht für frisch Verliebte. Nach der doppelten Vorspeise aß Kurt einen „Pfälzer Teller“.

„Schmeckt saugut, abber davon werd isch net satt.“

„Kein Problem“, sagte die Chefin. „Hier gibt’s so lange Nachschlag, bis alle satt werden.“

Kurt mampfte drei Pfälzer Teller, um genug Kraft für die doppelte Nachspeise zu sammeln. Danach radelte er wieder nach Harxheim, sie zurück nach Tiefbach.

Und Franky erlebte das Abenteuer Bundesbahn. Aus Faulheit stieg er in den Zug nach Mainz. Der Zug fuhr aber durch bis Bischofsheim, weil es im Stellwerk vom Mainzer Hauptbahnhof zu wenig Personal gab. Fluchend wie ein Rohrspatz radelte er von Bischofsheim nach Hause. Immerhin traf er unterwegs Karl, Herbert und Rudi. Die ermittelten gemütlich auf der Maaraue am Campingplatz mit Blick auf den Dom, und warteten auf den Sonnenuntergang.

„Unn?“, fragte der Qualitätsmanager.

„In Nieder-Olm hat sie mich abgehängt“, schnaufte Franky. Seine dünnen Oberschenkel schmerzten.

Karl zückte sein Notizbuch und notierte: „13:15 Uhr. Kontakt zu Zielperson wegen Reifenpanne verloren.“

Um 17:25 Uhr fuhr die Winzerin auf dem Radweg am Rheinufer an den Detektiven vorbei Richtung Tiefbach. Sie sah glücklich aus.

Karl zückte sein Notizbuch und schrieb: „17:29 Uhr, Maaraue, Höhe Campingplatz. Kontakt zur Zielperson nach intensiver Suche wieder hergestellt. 18:58 Uhr, Ankunft in Tiefbach, Observationsabbruch.“

Herbert: „Solle mir jetzt in Rhoihesse ermiddele?“

„Quatsch“, entschied Karl. „Die iss beschtimmt nur in Rhoihesse schpaziere gefahr, weil im Taunus die Bersche zu hoch sinn.“

„Spazieren gefahren!“, maulte Franky. „Die fährt Rad wie Jan Ullrich. Wahrscheinlich ist sie gedopt!“

Besuch im Weißen Haus

Vierter Tag der Ermittlungen im Fall „Fröhlicher Weinberg“, 08:30 Uhr.

„Kall! Dellefon!“, sagte Erna, und reichte ihm den Hörer. „Die Telekom iss am Abberat.“

Karl stürzte zum Hörer. Kümmerte sich endlich jemand um seine tote Büroleitung?

„Guten Morgen. Ich rufe Sie im Auftrag der Deutschen Telekom an, und ...“

„Machste moi Dellefon widder ganz?“

„Nein. Für so etwas ist die Servicestelle zuständig. Ich bin vom Verkauf. Ich möchte Ihnen eine neue Superflatrate anbieten, mit der Sie ...“

„Aff!“, plärrte Karl in sein Privattelefon, und knallte den Hörer auf.

Dann kamen noch zwei Hiobsbotschaften. Franky tauchte auf, und erklärte, dass der BMW immer noch in der Werkstatt sei.

„Dann nehme mir halt widder em Herbert soi Audo!“, entschied Karl. „Wo bleibt dann der Dollbohrer übberhaupt?“

Kurz danach rief Herbert an. Er könne heute nicht kommen, weil er einem Kumpel aus dem Mommenheimer Gesangsverein „Harmonie“ helfen müsse, eine neue Wasserpumpe im Fischteich einzubauen, und ...

„Unn doi Audo?“

„Brauch isch selber, um die nei Wasserbumb im Baumarkt zu hole.“

„Hier muss de Scheff alles selber mache!“, knurrte Karl, pumpte sein Rad auf, und fuhr mit Franky über die Theodor-Heuss-Brücke in die hessisch besetzte Zone.

In Kostheim trennten sie sich. Franky radelte zu Siegfrieds Weingut nach Tiefbach, und legte sich auf die Lauer. Allerdings mit wenig Erfolg. Die Winzerin verließ den ganzen Tag nicht das Haus.

Karl war fleissig. Er fing im „Postillon“ an, zu ermitteln, und ließ nichts aus, bis er wieder am Weinprobierstand landete. Dort hatten die Winzer den Weinschorlepreis auf drei Euro erhöht.

„Die schpinne doch“, meckerte ein Kostheimer an Karls Tisch. „Drei Euro! Hier sauf isch nix mehr!“

Insgesamt trank der Mann neun Weinschorle und schimpfte dabei ausdauernd wie ein Rohrspatz. Als der Mann den zehnten bestellte, und immer noch schimpfte, verlegte Karl seine Nachforschungen wieder ins „Beizje“. Dort lernte er die legendäre „Mechi“ kennen und ihren Hund „Whisky“. Außerdem gab ihm jemand Schnaps aus. Karl vertrug keinen Schnaps. Deshalb musste er um 23:30 Uhr sämtliche Ermittlungen einstellen, und zahlen.

„Bass acht“, warnte jemand. „Seit es neie Bolizeirevier in Kostem iss, fahre die hier als Schtreife.“

„Mir egal“, lallte Karl, „isch fahr Fahrrädsche.“

Als er aus der Kneipe torkelte, fragte er sein Fahrrad: „Solle mir heim laufe?“

„Quatsch!“, antwortete das Rad. „Ich hab nix getrunken, isch kann dich fahren.“

Karl war ziemlich clever. Um Polizisten aus dem Weg zu gehen, hatte ein einfach kein Licht am Fahrrad. Dann sahen sie ihn nämlich nicht. Dachte er jedenfalls. Er schaffte es genau von der Herren- bis in die Winterstraße. Immehin geschätzte 100 Meter. Dann blendeten ihn zwei Scheinwerfer. Das Auto bremste. Karl bremste auch, und fiel dabei mit dem Fahrrad um. Zwei junge Männer in blau-weißen Uniformen stiegen aus.

„Guten Abend. Wo wollen Sie denn hin?“, fragte der eine Polizist.

„Heim“, sagte Karl, und wollte heimfahren.

Der Polizist ließ ihn aber nicht fahren, sondern wollte ihn in ein Röhrchen blasen lassen.

„Du kannst misch emol am Hobbel blase!“, lallte Karl, und wurde frech. 10 Minuten später saß er mit Handschellen gefesselt auf der nagelneuen Polizeiwache in der Kostheimer Landstraße, auch genannt „das Weiße Haus.“

Das Revier war so neu, dass es nach frischer Farbe roch. Überhaupt war es viel größer und schöner als das alte Revier „In der Witz“. Aber das änderte nix. Als ehemaliger Polizist war es ein saudummes Gefühl, mit auf dem Rücken gefesselten Händen vor zwei uniformierten Jungspunden zu sitzen.

„Und Sie haben keinen Ausweis dabei?“

„Brauch isch en Ausweis, um ääner tringe zu gehe?“

„Wie heißen Sie, wo wohnen Sie ... “

„Geht disch gar nix an!“

Da untersuchte der andere Polizist Karls Bauchtäschchen, und fand eine Visitenkarte.

„Habt ihr sonst nix zu du, außer friedlische Radfahrer zu verhafte?!“

„Sie sind absolut fahruntüchtig“, behauptete der Polizist.

„Isch fahr schon länger vollgesoffe Fahrrad, als wie Du uff de Welt bist“, widersprach Karl.

„Wir nehmen jetzt eine Blutprobe“, sagte der Polizist.

„Quatsch!“, widersprach Karl.

„Sie weigern sisch also?“, fragte der Polizist.

„Unn ob!“, sagte Karl, und wollte die Arme verschränken. Das ging aber nicht wegen den Handschellen. Er konnte noch nicht einmal in der Nase bohren.

„Dann holen wir jetzt eine Ärztin, und rufen ihre Frau an“, drohte der Polizist.

„Pfft!“, sagte Karl, und legte sich eine ganz schlaue Taktik zurecht. Er wollte die Polizisten einfach stundenlang totbabbeln, um seinen Blutalkoholgehalt zu senken. „ ... uff alle Fäll iss dess en riese Scheißdreck, weesche so bissje Allohol son Fackelzuuch zu mache, unn ...“

Um dem Steuerzahler möglichst hohe Kosten wegen einem betrunkenen Radfahrer zu verursachen, der niemand geschädigt hatte, wurden inzwischen streng nach Dienstvorschrift vier Polizeibeamte davon abgehalten, sich um wichtige Dinge zu kümmern, und noch zusätzlich eine Ärztin alarmiert.

Zuerst klingelten zwei Beamte versehentlich Karls Mutter im Erdgeschoß aus dem Schlaf.

„Iss mir egal, was der Dollbohrer macht!“, sagte Uroma Annemie, und schickte die Beamten hoch zu ihrer Schwiegertochter.

Erna Napp staunte nicht schlecht, als sie von einer Polizeistreife aus dem Schlaf geklingelt wurde. „Guude“, gähnte sie verschlafen, und fragte gleich: „Hot der Hutsimpel widder Scheiße gebaut?“

Die Beamten waren höflich. „Guten Abend, Frau Napp. Es ist nichts schlimmes passiert. Ihr Mann sitzt betrunken im Polizeirevier, und verhält sich unkooperativ.“

„Unn weider?“, fragte Erna.

„Wir bitten Sie mitzukommen. Bringen sie bitte Personalausweis und Führerschein ihres Mannes mit.“

„Isch glaab, es baggert“, sagte Erna. Sie gab den Polizisten Karls Personalausweis. „Führerschein hot er kääner mehr. Deshalb fährt er jo Fahrrädsche. Schteck den Dollbohrer in die Ausnüschterungszell, unn loß mer die Ruh. Guud Nacht."

„Frau Napp, es wäre besser, wenn Sie kommen und ihren Mann beruhigen, sonst wird's immer schlimmer."

„Guud, isch komm!", knurrte Erna wütend, rief ein Taxi und zog sich an.

Inzwischen kam die Ärztin auf's nagelneue Polizeirevier. Karl fragte nach ihrem Namen. Die Frau hatte einen komplizierten Doppelnamen. Er bat sie, ihren Namen aufzuschreiben. Er konnte den Namen aber nicht lesen, weil er sich wegen der Handschellen das eine Auge nicht zuhalten konnte. Ihre Handschrift war schlimmer, als die berühmten Arztrezepte, die kein Apotheker entziffern kann.

„Beim Alloholtest wärste jetzt dorschgefalle, weil de noch nit emol doi Name ordentlisch schreibe kannst!"

Kurz bevor nicht nur vier Polizeibeamte, und eine Ärztin, sondern zusätzlich noch ein Staatsanwalt mit Karl Napp beschäftigt wurden, kam Erna.

„Scheiße", lallte Karl, als er seine Frau sah. Sofort begriff er, dass jeder weitere Widerstand zwecklos war.

Brummelnd ließ er die Blutprobe über sich ergehen. Erna schnappte den Besoffenben, der Taxifahrer das Fahrrad. Erst draußen erwachte Karls Widerstandsgeist: „Isch fahr middem Rädsche hääm!"

Erna sperrte ihn Zuhause in sein Kompetenzzentrum. Bevor sie den Schlüssel rumdrehte, durfte er noch einmal mit seinem Rechtsbeistand telefonieren.

„Scheiß Anwält", sprach er lallend auf dessen Mailbox. „Wenn mer se braucht, sinn se nit da!"

Dann schlief er ein. Es war 01:39 Uhr.

„Dogder, Du musst mir helfe!“,

sagte Karl Napp zum Ölprinz. Wie immer war er ohne Termin in die Kanzlei gekommen.

Der Rechtsanwalt stöhnte gequält, und ging vor Karls Fahne hinter dem eleganten Louis-Qinze-Tisch in Deckung. Als auch das nichts half, öffnete er das Fenster und gab seinem Mandanten ein Pfefferminzbonbon. Dann dauerte es immer noch ungefähr 10 Minuten, um aus Karls Geschwafel juristisch verwertbare Informationen herauszufiltern.

„Hast Du die Beamten beleidigt, oder nicht?“

„Wääß isch nit mehr so genau, abber uff alle Fäll ...“

„Hast Du Widerstand gegen die Staatsgewalt geleistet, oder nicht?“

„Wääß isch nit mehr so genau, abber ...“

Karls Gebabbel war unerträglich. Der Anwalt wünschte sich einen Gummiknüppel, um dem Schwätzer eins überzuziehen, damit er das Maul hielt.

„ ... unn jetzt geh isch da hin, unn fraach die Kolleesche emol nüschtern, ob se noch ganz kloor sinn, weil ...“

„Das machst Du nicht!“, zischte der Anwalt, und hielt ihm ein Formblatt unter die Nase. Das schlimmste, was Karl jetzt machen konnte, war, zur Polizei zu gehen, und sich um Kopf und Kragen zu reden.

„Was isses dess?“, fragte Karl misstrauisch.

„Das ist eine Vollmacht“, sagte der Anwalt, und erzählte Karl, was je nach Höhe der Blutprobe auf ihn zukommen könne. Eventuell sogar der berühmte Idiotentest bei einem geldgierigen Psychologen.

„Freschheit!“, maulte Karl. „In dem Bolizeischtaat derf mer noch nit emol vollgesoffe Rädsche fahre, alldieweil ...“

„Unterschreiben!“
„ ... irschend so Korindekacker komische Gesetze mache, unn dann kommt noch dezu, daß ...“
„Unterschreiben!!“, befahl der Anwalt.
Karl unterschrieb meckernd die Vollmacht.
„Was machen deine Ermittlungen?“, fragte der Ölprinz.
„Mer sinn korz devor, den Schtescher zu finde“, behauptete Karl Napp.
„Hoffentlich“, sagte der Anwalt. „Das Erfolgshonorar wirst Du brauchen, um diesen Unfug zu bezahlen.“
„Hier derf mer noch nit emol ääner trinke, weil ...“
„Raus!“, befahl der Ölprinz, warf den Meisterdetektiv raus, und lüftete die Kanzlei.
Karl schlappte schlecht gelaunt nach Hause. Dort wurde seine Laune nicht besser. Erna redete kein Wort mit ihm, aber die Mieterin Marianne Schtolte klopfte an die Tür.
„Was war denn das für ein Lärm heute nacht? Ich und mein Mann haben kaum ein Auge zugemacht.“
„Dess geht disch gar nix an, Du Deppschees!“, zischte Karl, und knallte ihr die Tür vor der Nase zu. Zum Glück verstand die Schtolte kein Meenzerisch, sonst hätte sie ihren Vermieter wieder wegen Beleidigung angezeigt.
Auch im Kompetenzzentrum wurde Karls Laune nicht besser. Das Telefon war immer noch kaputt, und seine beiden Mitarbeiter lachten sich schräg.
„Wie kann mer so bleed soi!“, grölte Qualitätsmanager Dickmilch.
„Dümmer als die Polizei erlaubt“, lachte der Chief-Assistent.

Das Kompetenzteam ermittelt, Teil III

Um 10:45 Uhr radelte sie aus dem Weingut. Franky folgte ihr unauffällig. Auf Siegfrieds Kosten hatten sie bei Fahrrad-Rosskopp ein Tourenrad mit vernünftigen Reifen, Gepäckträger und Satteltasche gekauft. In der Satteltasche waren Regenklamotten, ein Ersatzschlauch, und eine Luftpumpe. Wieder fuhr sie über Feldwege nach Kostheim.

In der Ortsmitte hielt sie am Bürgerhaus, und telefonierte am Münzapparat. Franky wartete 100 Meter hinter ihr. Dann folgte er über die Eisenbahnbrücke nach Mainz. Am anderen Rheinufer fuhr sie auf dem Radweg Richtung Weisenau. Inzwischen hatte sie sich anscheinend warm gefahren. Jedenfalls gab sie Gas.

Franky war Bodybuilder, und kein Ausdauersportler. Er hatte noch den Muskelkater von der Spazierfahrt nach Nieder-Olm in den Beinen. Nach 30 Minuten taten ihm nicht nur der Arsch, sondern auch die unterentwickelten Muskeln an den spindeldürren Oberschenkeln weh. Er fuhr keuchend hinter ihr her. Als sie in Laubenheim aus der Unterführung kam, blieb sie stehen. Franky war dankbar für die Pause. Einen Moment schien sie zu überlegen, wohin sie fahren sollte. Sie sah erst nach links Richtung Bodenheim. Dann schüttelte sie aber den Kopf, und fuhr geradeaus in die Ortsmitte. Franky folgte ihr fluchend den steilen Weg Richtung Hechtsheimer Höhe hoch. Während sie noch gemütlich im Sattel saß, musste er stehend den Berg hoch keuchen. Seine Lungen pfiffen, und seine Beine brannten. Sie fuhr ihm immer weiter weg. Er riss sich zusammen, und versuchte die Katzenaugen am Wegrand zu zählen. Da war sie schon 150 Meter von ihm weg. Leicht und scheinbar mühelos, kletterte sie mit wiegenden Bewegungen den Berg hoch. Er hatte das Gefühl, dass ihm gleich die Oberschenkel platzten. Luft bekam er auch keine mehr, dafür wurde ihm schwindlig, und er sah tanzende schwarze Punkte vor den Augen. Bei Katzenauge Nummer 29 wurde ihm plötzlich ganz schwarz vor Augen, und er fiel einfach um. Als er zu sich kam, musste er kotzen.

Danach stieg er mit zitternden Oberschenkeln auf das Rad, und ließ sich zurück nach Laubenheim rollen. Vor einer Kneipe stieg er steifbeinig ab, und trank drei Apfelsaftschorle auf Ex.

Dann rief er Karl an: „Ich glaube, sie ist nach Hechtsheim gefahren."

„Was heißt, du glaabst?", fragte Karl.

„Sie hat mich abgehängt", schnaufte Franky.

„Du bist vielleischt e Kardoffel", sagte Karl. „Fahr zurick zum Audo, unn hol uns in Kostem ab. Im Moment sinn mir grad uff de Maarau in de Kneip am Hundeplatz."

Sie kachelte mit Kurt, dass es krachte, und besuchte anschließend seine Schwester.

„Guten Tag. Ich heiße Petra. Ich bin die verheiratete Frau, die sich heimlich mit Kurt trifft."

Sie rauchten ein paar Zigaretten, tranken Kaffee und redeten. Gisela zeigte ihr das Weingut Rebenlaus.

Oh Gott, dachte die Winzerin, als sie die uralten Gebäude und die vergammelten Maschinen von Anno Tubak sah. Es war schlimmer, als sie sich vorgestellt hatte.

„Beeindruckend, was?", fragte Gisela.

„Damit kann man kein Geld verdienen", sagte die Winzerin, und schätzte den Investitionsbedarf allein für Gebäude und Maschinen auf mindestens 400000 Euro.

„Plus 50000 Euro für die Wirtschaft “, stimmte Gisela zu. Dabei zeigte sie auf die uralte Kücheneinrichtung. „Geht auch nur so lange gut, wie das Ordnungsamt ein Auge zudrückt.“

„Und ein Kredit von der Bank?“

„Vergiss es. Das ganze Weingut ist bis zum Schornstein mit Hypotheken belastet.“

„Das ist kein Weingut, das ist ein Winzermuseum!“

„Und bei Dir?“

„Ich würde sofort herkommen und mein ganzes Geld hier rein stecken. Aber ich hab keins. Offiziell bin ich bei Siegfried nur angestellt. Und aus lauter Liebe habe ich damals den dümmsten Heiratsvertrag aller Zeiten unterschrieben.“

„Liebe vergeht, Hektar besteht!“, lachte Gisela.

Danach fuhr die Winzerin nachdenklich zurück. Sie musste eine Entscheidung treffen. Auf der Weisenauer Brücke überholte sie einen jungen Radfahrer, der anscheinend kurz vor dem zusammenbrechen war.

Mit übermenschlicher Kraftanstrengung, und in Superzeitlupe radelte Franky zurück nach Tiefbach. Dann fuhr er auf die Maaraue. Er fand seine beiden Chefs im Biergarten vom Campingplatz. Dort musste er noch fünf Weinschorle lang warten, bis er sie ins Auto laden, und nach Hause fahren durfte. Der Sonnenuntergang mit Blick auf den Dom war nämlich so schön.

Herbert: „So geht dess net weider. Unser Schportsfreund losst sisch dauernd abhänge.“

Karl: „Ab morsche mache mir Dobbelübberwachung! Mit Fahrrad, unn mit Audo!“

Der Mont Ventoux des kleinen Mannes

Zwei Tage lagen sie auf der Lauer. Der Gestank in Herberts Opel war unerträglich. Am zweiten Tag verließ sie mit dem Auto das Weingut. Die Detektive folgten ihr unauffällig. Sie fuhr nach Kastel in die Metro. Hinterher trank sie in der Kaffeerösterei in der Mainzer Straße einen Capuccino, und kaufte zwei Pfund Kaffee.

„Scheiße. Die fahrt nit berschte. Die will nur oikaafe!" Sie schossen unauffällig Fotos, um Winzer Siegfried zu beweisen, wie fleissig sie waren. Immerhin konnte sich Franky in diesen zwei Tagen etwas erholen. Am dritten Tag, gegen 10 Uhr, fuhr sie mit dem Fahrrad los.

„Oh Nein", stöhnte Franky, setzte sich mit schmerzenden Arschmuskeln aufs Rad, und folgte ihr.

„Wo biste dann?", fragte Karl.

„Kurz vor Igstadt!", stöhnte Franky ins Händy.

Herbert, Karl und Rudi fuhren nach Igstadt.

„Gibt's hier Winzer?", fragte Karl, als sie durch den Ort fuhren. Bald waren keine Weinberge mehr zu sehen. Es gab nur noch Felder, Wald, und immer mehr Steigungen. Alle 10 Minuten fragten sie nach dem Standort.

„Eichelsachsen!", stöhnte Sportskanone Franky in sein Headset. Er fühlte sich gedemütigt wie noch nie in seinem Leben. Mit zusammengebissenen Zähnen und stierem Blick auf ihren Hintern folgte er in 100 Meter Abstand. Die Zähne musste er zusammenbeißen, damit ihm nicht dauernd Fliegen in den Mund flogen. Er hatte das Gefühl, dass sie keinen Berg ausließ. Schon bei der Steigung zwischen Igstadt und Medenbach hätte er kotzen können. Aber jetzt! Ehlhalten! Niederjosbach! Japsend und schwerfällig folgte er der Radfahrerin. Inzwischen riss er den Mund weit auf, um nicht nur

Fliegen, sondern auch Luft zu schnappen. Sturzbäche von Schweiß ergossen sich über seinen gequälten Körper. Es war auch nicht hilfreich, als ihn drei ältere Herren Ende Fünfzig.mit Bierbäuchen überholten. Sie sassen gemütlich im Sattel und babbelten, während Franky keuchend den Berg nach Glashütten hochstampfte.

„Quäl disch, du Sau!", lachte Karl auf dem Beifahrersitz. Rudi bellte fröhlich aus dem Rückfenster.

„Die iss 200 Meder vor dir!", rief Herbert am Steuer. Franky durfte sich eine Zeitlang festhalten, und nebenher rollen. Karl gab ihm zu essen, zu trinken, und ein paar gute Worte. „Geb Gas! Loss disch net so hänge!"

„Arschlöcher!", wollte Franky sagen, konnte aber nicht.

Sie fuhren ihn bis 100 Meter an die Winzerin heran. Dann entfernte sich der Servicewagen. Karl schlug im Takt mit der Hand auf das Blech der Beifahrertür und brüllte: „Hopp! Hopp! Hopp!"

Aber es dauerte keine zwei Minuten, bis der Hintern der Winzerin immer kleiner wurde. Franky fiel aussichtslos zurück. Seine Beine waren schwerer wie Blei. Mit weit aufgerissenem Mund und glasigen Augen quälte er sich im zweitkleinsten Gang stehend und zickzack den Berg hoch. Es war egal, was er tat, es ging nichts mehr. Fuhr er sitzend im kleinsten Gang, kam er noch langsamer voran. Stand er auf und fuhr im dritten Gang, war der Widerstand zu groß. Und egal wie, Katzenaugen zählen half auch nichts. Es kam ihm vor, als lägen 100 Meter zwischen den heimtückisch grinsenden Pfählen. Aus Verzweiflung zog er sich die Mütze tief in die Augen, und richtete den Blick stur auf das Vorderrad, um ja nicht zu sehen, wie lang dieser Anstieg war.

„De Frängie iss ä Peif!", sagte Herbert enttäuscht.

„Isch glaab, isch wääß, wo die hin will“, meinte Karl, und schaltete das Handy aus. „Überhol äfach!“

Wegen Gegenverkehr und Kurven blieben sie eine Zeit lang direkt hinter ihr. Es sah gut aus, wie sie mit strammen Beinen, und wiegendem Schritt gleichmäßig den Berg hochstampfte.

„Hot die en geile Bobbes!“, lobte Herbert begeistert. Karl schoss Fotos.

Beim Überholen sahen sie in ihr Gesicht. Verschwitzt, rot vor Anstrengung, aber irgendwie glücklich. Sie überholten so unauffälig wie möglich, und fuhren hoch auf den Mont Ventoux des kleinen Mannes. Der große Feldberg ist zwar nicht so hoch, aber oben mindestens genau so kahl, und genau so hässlich, wie der Mont Ventaux. Sie fraßen im Ausflugslokal Schnitzel, und warteten.

„De Frängie hot äfach nix druff“, meinte Herbert, und erzählte, dass er damals mit dem Rad von Mommenheim bis auf den Betzenberg und zurück gefahren sei, weil ...

„Wie lang iss dess her?“

„Ei, so schticker sechzisch Jahr.“

Irgendwann kam sie. Zuerst ließ sie sich mit steifen Beinen schweratmig in einen Stuhl fallen, trank blitzschnell zwei Apfelsaftschorle, und rauchte drei Zigaretten. Der Feldbergwind trocknete ihre nassen Klamotten, bis man nur noch weiße Schweißränder sah. Dann verschwand sie auf der Toilette, und kam mit frisch gewaschenem Gesicht zurück.

„Vielleischt“, spekulierte Karl, „trifft se sisch hier mit dem Stescher?“

Statt einem Stecher kamen Würstchen mit Kartoffelsalat und ein Weizenbier. Danach rauchte sie eine Zigarette, stieg auf ihr Fahrrad, und fuhr weg.

„Die will heit gar net berschte", sagte Karl enttäuscht. „Die will äfach nur Fahrrad fahre."

„Ruf de Frängie an!", befahl der Qualitätsmanager.

„Ooouuurrrggghhh", sabberte Franky ins Handy, als er wach wurde. Das letzte, was er wahrgenommen hatte, war die enge Rechtskurve in Glashütten. Er fuhr um die Kurve, und dann wurde ihm schwarz vor Augen. Irgendwann auf dem steilen Anstieg nach Schlossborn war er einfach in Superzeitlupe umgefallen, und am Straßenrand eingeschlafen. Von Stechmücken geweckt, hatte er ein Käsebrötchen gefressen, und die Wasserflasche ausgesoffen. Dann klingelte das Handy.

„Frängie, bass acht! Sie kommt gleisch. De Berg enunner kannste ja wohl fahre, odder?"

„Jaa", stöhnte Franky.

„Schtopp der ä alt Zeitung unner's Triko, wenn's uff de Abfahrt kalt wird!", lachte Karl.

„Idiot", schnaufte Franky, und fragte sich, warum er nichts ordentliches gelernt hatte.

Als sie vorbeisauste, warf er sich todesmutig auf's Fahrrad und versuchte zu folgen. Es war schwierig, weil die Irre sogar bei der Abfahrt in die Pedale trat. Seine Augen tränten im Fahrtwind, bis er kaum noch etwas sah. Vor allem hatte er nur noch Pudding in den Beinen.

Kurz vor Ehlhalten sammelte ihn der Besenwagen ein. Franky stammelte wirres Zeug, legte sich auf die Rückbank, und schlief sofort ein.

Herbert überholte die Winzerin, fuhr zum Weingut und wartete. Um 18:32 Uhr kam sie an, und stieg steifbeinig vom Rad. Müde, aber glücklich sah sie aus.

„Die berscht heit nit mehr", mutmaßte Karl und notierte: „19 Uhr, Observationsende".

„Spreche ich mit Karl Napp?",

fragte Winzer Siegfried in gekünsteltem Hochdeutsch.

„Ei sischer"

Es war einer der seltenen Momente im Leben des Privatdetektivs Karl Napp, wo er auf Posten war. Erstens saß er nicht im Kellerbüro, sondern auf dem Balkon, hatte also Empfang. Zweitens hatte er diese elektronische Fußfessel gerade in der Hand, weil Erna das Ding im „Gärtsche" vor dem Haus gefunden hatte. Drittens war ihm beim Scheißen die Klopapierrolle aus der Hand gefallen. Auf allen vieren im Bad herumkriechend, um die abgewickelte Rolle einzufangen, hatte er hinter der Schüssel sein Notizbuch wieder gefunden.

„Wo war meine Frau vorgestern!?", fragte Siegfried.

Karl zückte sein Notizbuch, und erstattete Bericht: „Um 10:27 Uhr war se in Igstadt, um 12:59 Uhr hot se korz vor Niederjosbach in die Hecke gepinkelt, um ..."

„Hatte sie Männerkontakte?!", fragte Siegfried.

„Ja", sagte Karl. „Um 13:32 Uhr hot se some Triathlet geholfe, en Pladde zu flicke, weil der Peifekopp weder Flickzeusch noch Luftpump debei gehabt hot."

„Und dann?", fragte Siegfried misstrauisch.

„Um 13:42 Uhr isse zwar mit dem Triathlet zusamme losgefahre, hot en abber um 13:53 Uhr wie Lance Armstrong am Bersch übberholt, unn iss schnurschtracks uff de Feldbersch gefahre. Wahrscheinds isse gedopt."

„Gute Arbeit", knurrte Siegfried und legte auf.

„Was fer en Aff!", sagte Karl überzeugt.

„Wenn isch son Mann hätt", stimmte Erna zu, „dät isch dem jeden Daach uff die Fratz haache!"

„Moi Hof, moi Wingert, moi Fraa!", lachte Winzersohn Herbert.

Franky sagte gar nichts. Seine Oberschenkel taten so weh, dass er vor Schmerzen jaulte, als Erna mit der Fliegenklatsche eine Mücke auf seinem Bein totschlug.

Karl fühlte sich fast schuldig, weil er diesen Auftrag angenommen hatte. Irgendwie war ihm diese radelnde Winzerin sympathisch. Schon allein deshalb, weil sie der großen Sportskanone Franky die Grenzen aufzeigte.

„Frängie. Du derfst disch heit noch ausruhe, unn Bürrodienst mache!“

Wegen der lästigen Polizei in Kostheim beschloss Karl, woanders verdächtige Winzer zu suchen. Er schlug Hechtsheim vor, weil die Winzerin einmal Richtung Hechtsheim gefahren war. Außerdem konnte man da gut mit der Straßenbahn hin und zurück fahren.

„Wo fange mir an?“, fragte Herbert.

Karl wollte alle Hechtsheimer Winzer an einem Abend abklappern. Schlauerweise teilten sie diese große Aufgabe. Karl fing ab 17 Uhr im Weingut Stenner an, Herbert begann bei den Gebrüder Mayer.

Um 20:30 Uhr rief Karl an: „Herbert, wie weit biste?“

„Ei, isch hock immer noch bei Mayers. Iss schee do. Unn du?“

„Isch bin als noch bei Stenners, unn trink grad Hexemer Schneckeschtick. Schmeckt guud.“

Und weiter waren sie auch nicht gekommen, als sie um 23:30 Uhr mit der Straßenbahn nach Hause fuhren. Karl hatte eine ganze Kiste „Hechtsheimer Schneckenstück“ gekauft, angeblich um Etiketten vergleichen zu können.

Herbert: „Dess iss abber net dess Etikett vun dem Winzer, wo mir suche!“

„Schmeckt mir abber sauguud“, sagte Karl.

Herbert und Rudi übernachteten im Büro.

„Schiffisch laafe!“

Herbert: „Warum ermiddele mir net in Nackenum.“
Franky: „Hast Du einen Verdacht?“
„Unn ob“, behauptete Herbert, und ließ seinen Hosenträger schnerren. „In Nackenum gibt's zwää Top-Winzer, die mache zusamme Top-Gastronomie im Gasthaus ‚Leinreiter' direkt am Rhoi.“
„Und warum sind die verdächtig?“
„Dess sinn zwää Brüder, de Otto unn de Jacob, unn die zwä sinn nit verheirat.“
„Oho“
„Au ja“, rief Karl. Die beiden „Hippe- oder Sanse – Brieder“ waren weit über die Grenzen von Nackenheim hinaus berühmt.
„Isch organisier dess“, sagte Herbert, und telefonierte ein wenig herum. „Um 16 Uhr geht's los!“
Wie immer, wenn Herbert Dickmilch Ermittlungen leitete, begannen sie seltsam umständlich. Franky musste eine Kühltasche mit Wein und Wasser füllen, und zum Ginsheimer Altrheinhafen fahren.
„Wieso fahren wir erst nach Ginsheim, wenn wir in Nackenheim auf der anderen Rheinseite ermitteln wollen?
„Weil mir hier abgeholt wer'n“, erklärte Herbert geheimnisvoll. Zu dritt sassen sie auf einer Bank im Hafen. Gegen 16 Uhr wurden sie von einer Gruppe lärmender Ginsheimer abgeholt. Die Detektive folgten ihnen zum Bootssteeg.
„Was issen dess?“, fragte Karl.
„Dess iss en Nache!“, sagte Käpt'n Jürgen, und zeigte auf ein langes, schmales, offenes Boot. Nachen waren Lastkähne, mit denen die Ginsheimer seit Jahrhunderten

angelten und fischten, Menschen, Kartoffeln, Obst, Wein und Schnaps über den Rhein transportierten. Nachen brauchen keine Häfen, und wenn der Motor ausfällt, kann man sie rudern. Früher aus Holz, wurden sie inzwischen aus Aluminium gebaut. Kein Ginsheimer, der etwas auf sich hielt, würde sich jemals ein lächerliches Sportboot kaufen. Echte Ginsemer schweißten und nieteten ihre Nachen sogar selbst zusammen.

„30 PS", sagte Jürgen, und machte den Außenbordmotor startklar. „Damit kannste Wasserschi fahre."

„Isch will vorne hocke", rief Karl, und tapste ungeschickt ins schwankende Boot.

„Schiffisch laafe!", brüllten die Ginsheimer. „Schiffig laufen" heißt, nicht breitbeinig wie ein Depp, sondern elegant wie ein Flußmatrose in der Mitte des Bootes zu gehen, damit der Kahn nicht schwankt. Herbert fing an, Weinschorle auszuschenken. Franky sass neben der Drachenbootfahrerin Martina und erfuhr, dass man hier Weinschorle als „Wasserwoi", und einen „Dürren" als „Trewwerer" bezeichnete.

„Warum heißt ein dünner Weinschorle Treburer?"

„Weil die Trewwerer nix vertraache!"

Langsam tuckerte das Boot aus dem Altrheinhafen Richtung Schiffsmühle.

„Hier hab isch mal en Achter versenkt", lachte Uwe, genannt „de Scheppe", und erzählte, wie er mit seinem Nachen einen Ruderachter in den Grund gebohrt hatte.

„Unn wie war das?"

„Deier!", lachte der Scheppe. „Son Ruderachter iss rischdisch deier."

Rheinaufwärts die Nonnenau entlang, gab Kapitän Jürgen Vollgas. Bei der Flussüberquerung sangen alle Ginsheimer das „Ruderlied", und Karl Napp wurde patschnass, weil der Nachen die Wellen eines Frachters durchschnitt. Die Fahrt in den Nackenheimer Hafen dauerte genau drei Flaschen Wein und eine Flasche Wasser lang, weil nur Franky „Trewwerer“ trank.

Vom Hafen liefen sie durch eine Unterführung, kletterten auf dem Damm über die Mauer, und standen vor dem geschlossenen Gasthaus „Zum Leinreiter“. Von außen sah es ziemlich vernachlässigt aus.

„Ist das die Nackenheimer Top-Gastronomie?“, fragte Franky zweifelnd.

„Ja“, erklärte Jürgen. „Hier gibt's sogar zwää Sorte Woi. Warmer unn kalter. Zu esse gibt's Lewwerworschtbrote unn Handkäs.“

„Unn wo bleibt de Wirt?“, fragte Karl.

Nach einer halben Stunde sassen nicht nur die Ginsheimer und die Detektive auf der Mauer. Auch die ersten Nackenheimer trudelten ein. Schließlich kam ein Eingeborener, setzte sich auf die Mauer und erzählte, dass der Wirt ganz in der Nähe sei. 200 Meter weiter wurde nämlich eine neue Sitzbank eingeweiht. Und da feierte auch der Wirt mit. Schließlich kam er schon nach einer Stunde. Mit urtümlich rheinhessischer Gemütlichkeit fragte er seine Gäste: „Uff was warte Ehr dann?“

Überhaupt war der Mann durch gar nichts aus der Ruhe zu bringen. Er schloss langsam die innen blankgeputzte Kneipe auf, und fing an, langsam zu bedienen. Den ganz Durstigen, die zur Theke liefen, gab er zu bedenken: „Am liebste iss mer's, wenn de ganz ruhisch dort hinne hockst, es Maul hältst, unn wartst, bis isch komm!“

Um nicht auf dem Trockenen zu sitzen, bestellte Karl schon den zweiten, bevor sein Glas alle war.

„Ei dann sauf aus“, sagte der Wirt. „Sonst muss isch hinneher soviel Gläser schpüle.“

„Dess iss de Jacob“, erklärte der Scheppe. „Abber soi Bruder, de Oddo, der iss noch besser. Der bedient nur Gäst, die er leide kann.“

Bevor der Wirt in der Küche verschwand, um mit viel Liebe, und noch mehr Zeit Leberwurstbrote zu schmieren, bestellten alle noch einmal Getränke. Die Preise waren sensationell, oder wie ein Ginsemer sagte: „Hier musste rischdisch Gas gebbe, wenn de mehr als 10 Euro ausgebbe willst.“

Jedenfalls war es ein wunderschöner Abend. Bei Otto und Jacob durften die Gäste saufen, rauchen, essen und dummbabbeln. Wie es in einer Wirtschaft sein sollte. Nur die Ermittlungen verliefen im etwas im Sande.

Der etwa sechzigjährige Jacob erklärte für sich und im Namen seines abwesenden Bruders: „Solang ich noch zwää gesunde Händ hab, kommt mir kä Fraa ins Haus.“

„Schiffisch laafe!“, rief die Drachenbootfahrerin beim Einsteigen in den Nachen, aber es half nichts mehr. Der Nachen schwankte, und Karl fiel in den Nackenheimer Hafen.

Als Franky die beiden Oberdetektive nach Mainz fuhr, fragte er vorsichtig: „Ich hab immer noch nicht kapiert, warum wir von Ginsheim aus mit dem Boot nach Nackenheim fahren mussten.“

„Ei weil isch emol widder Bootsche fahre wollt“, erklärte Herbert.

„Nache“, verbesserte Flussschifffahrtsexperte Karl. „Dess iss kä Boot, des iss en Nache!“

Herbert und der Dackel übernachteten im Kompetenzzentrum. Rudi zerfetzte aus Langeweile den alten Sessel.

„Es Dellefon iss immer noch kabutt!“,

plärrte Karl in die Service-Hotline.

„Wir haben Sie nicht verstanden“, säuselte der Sprachcomputer freundlich. „Wiederholen Sie bitte ihr ...“

Aber schon nach 25 Minuten in der Warteschleife wurde er doch mit einem leibhaftigen Menschen verbunden. Laut Strichliste, die Karl führte, sprach er inzwischen mit dem 23. Serviceberater. Zum 23. Mal schilderte er das Drama von Adam bis Zebedäus. Aber es machte überhaupt keinen Unterschied, ob er mit einem Sprachcomputer, oder einem Mensch sprach.

„Es Dellefon ist seit zwää Woche kabutt, alldieweil ...“

„Kaufen Sie einfach zusätzlich aus unserem Servicepaket des Modem C128 fast-go, und dann ...“

„Isch will net irschend en Scheißdreck kaufe, sondern ääfach, dass moi Dellefon widder geht! Verschtehste!!“

„Das ist aber die einfachste Lösung ...“

„Wo sitzt Du dann?!“, fragte Karl entnervt.

„Am Telefon“, sagte die hochqualifizierte Servicekraft.

„In welschem Ort?!“

„Ich arbeite in der Servicestelle Rostock.“

„Arschtörtsche!“, brüllte Karl, knallte den Hörer auf, und stampfte ins Kompetenzzentrum. Dort stank es nach Hund wie Sau, und an der Wand hing ein Zettel: „Brauche dringend zwei Tage Saufpause. Bin in drei Tagen wieder im Bürro. Herbert“. Und im ganzen Raum verteilt lagen Schaumstoffffetzen.

Dann kam Franky. Er verkündete, dass der BMW schon morgen aus der Werkstatt komme.

„Wieviel?“, fragte Karl.

„2589 Euro, aber da ist auch schon der TÜV dabei.“

Spitze Schreie im Wingert

„Kurt?“, fragte Gisela, aber Kurt gab keine Antwort. Eigentlich wollte er den Hof kehren, aber er kehrte nicht. Er stand da, stützte sich auf den Besen, und träumte. Hinter dem Hosenlatz seiner abgeschnittenen Jeans zeichnete sich ein gewaltiger Ständer ab.

„Kurt!“

„Hä?“

Gisela kam nicht mehr aus dem Grinsen heraus. Seit kurzem hatte sich ihr Bruder verändert. Eigentlich war er ein komplett anderer Mensch geworden. Wie ausgewechselt. Mit großen träumenden Augen schwebte er geistesabwesend durch den Hof. Wenn er im Haus war, und das Telefon klingelte, rannte er wie von der Tarantel gestochen zum Apparat. Wenn er draußen arbeitete, hatte er immer sein Handy dabei, was er sonst nie tat. Wenn er im Keller arbeitete, wo er keinen Empfang hatte, kam er alle halbe Stunde ins Haus gerannt, und fragte: „Hot se angerufe?“

Und noch jemand merkte, dass mit Kurt etwas nicht stimmte. Altwinzer Adolf beobachtete brummelnd seinen Sohn. Adolf brummelte immer. Früher hatte er immer geplärrt, aber seit er den Betrieb übergeben hatte, brummelte er nur noch. Gewöhnlich schlich er kopfschüttelnd herum, und sagte zu allem, was seine Kinder taten: „Neimoderne Ferz!“. Aber der alte, schwerhörige Fuchs hörte das Gras wachsen, wenn er wollte.

„Was issen mit em Kurt los?“, fragte er seine Tochter.

„Was soll mit ihm los sein?“

„Mit dem schtimmt was net“, behauptete der Alte.

Mittags wurde es ganz komisch. Vater und Sohn bosselten an einer alten Maschine herum. Sie schraubten verbeulte und verrostete Schutzbleche an die lebensgefährliche Maschine, weil Kontrolleure von der Berufsgenossenschaft kommen wollten. Normalerweise bekamen Adolf und Sohn immer Krach, wenn sie zusammen arbeiteten. Aber nichts da. Friedlich und pfeifend schweißte, schraubte und hämmerte Kurt an der Schrottmaschine herum, egal wie ihn Adolf dabei provozierte.

„Wo sinn die Unnerlaachsscheibe?!“, fragte Adolf.

„Ei dort, wo Du se hingeleescht host“, sagte Kurt.

„DU host die Unnerlaachsscheibe verseilert!“

„Babbel kä Scheißdreck“, sagte Kurt gutgelaunt, und suchte pfeifend Unterlagsscheiben.

Als Gisela „Telefon!“ rief, ließ Kurt den 19er Schraubenschlüssel fallen, und rannte ins Haus. Als er aus dem Haus kam, hatte er nicht nur die ölverschmierten Hände gewaschen, sondern auch Fahrradhosen angezogen. Und er schnallte eine Decke, eine Flasche Winzersekt, und etwas zu Essen auf seinen Gepäckträger. Dann ging er noch einmal zurück, und kam mit einem Becher Schokoladenpudding wieder. Das war oberverdächtig. Kurt trank selten Sekt, und aß niemals Schokoladenpudding.

Adolf: „Was gebt dann dess, wenn's ferdisch iss?“

„Isch fahr in de Wingert, unn red mit de Traube, damit se besser wachse. Moderne Winzer mache dess so.“

Adolf: „Mit em Fahrrad?“

„Ei, isch werd jetzt Ökowinzer, unn erklär den Wingert zur Umweltzone.“

„Unn fer was brauchste soviel Fresse und Saufe?“

„Wenn isch ferdisch bin, mach isch am Heisje e Peisje.“

„Bist du depp?!“, brummelte der Alte.

„Halldoimaul“, sagte Kurt friedlich, und radelte pfeifend aus dem Hoftor.

Spätestens, als Adolf das Wort „Heisje“ gehört hatte, wurde er ganz misstrauisch. Er wartete, bis Gisela einkaufen fuhr, dann rief er einen alten Jägerkumpel an.

„Ja?“, rief der Jägerkamerad ins Telefon.

„Isch bin’s“, sagte Adolf.

„Gut, dass de anriefst. Isch hab moi Fernglas bei dir vergesse.“

„Desdeweesche ruf isch an. Dess Fernglas werste brauche. Schaff disch bei. Es gebt was zu gugge.“

„Was?“, fragte der Jägerfreund neugierig.

„Werste schon sehe“, lachte Adolf.

„Wann?“

„Jetzt!“, sagte Adolf und legte auf.

Herbert Dickmilch setzte sich in seinen jägergrünen Opel, und fuhr den weiten Weg von Mummerum nach Harxem. Er und Adolf kannten sich schon seit ewigen Zeiten. Als Jugendliche hatten sie weggeworfene Wehrmachtswaffen gesammelt, und damit alle Straßenschilder im Umkreis durchlöchert. Noch heute hatte Herbert ein ganzes Kriegswaffenarsenal in seinem Keller, das er liebevoll hegte und pflegte.

Adolf stand abmarschbereit vor dem geschlossenen Hoftor. Er war mit seinem Feldstecher bewaffnet, und hielt Herberts Fernglas in der Hand.

„Du sollst doch Woi verkaufe, wenn die Kinner nit daheim sinn?“

„Babbel nit!“, sagte Adolf. „Wenn isch do bin, bin isch do, unn wenn isch weg bin, bin isch weg.“

Nach Adolfs Anweisungen fuhr Herbert über Feldwege, stellte das Auto ab, und lief mit ihm durch die Weinberge. An einer sichtgeschützten Stelle legte sich Rebenlaus-Senior ins Gebüsch, und zeigte auf einen Hügel.

„Dess iss moi Wingert!“, sagte er geheimnisvoll.

Herbert sah einen langweiligen Wingert, dessen Rebenzeilen sich über einen Hügel zogen. Auf dem Hügel stand ein kleines Häusschen, etwa fünf mal vier Meter groß. Das Dach bestand aus uralten Ziegeln, die wahrscheinlich von einem abgerissenen Haus stammten. Die Wände waren aus alten Bruchsandsteinen schief zusammengemauert, und ungeschickt verputzt. Vor dem Häuschen stand eine Holzbank. Der bröckelnde Putz war mit Graffitis beschmiert. „Kiffe iss geil!“ stand da, und „Abitur tötet Rockmusik!“

„Unn was geb's da jetzt zu gucke?“, fragte Herbert.

„Abwarte!“, sagte Adolf, und suchte mit dem Feldstecher die Umgebung ab. Zwei Stunden später warnte Adolf: „Achdung: Sie komme!“

Herbert Dickmilch sah in sein Fernglas, und sah nichts außer zwei Radfahrern. Ein Mann und eine Frau. Und dann erkannte er den Mann. Es war Kurt.

Sie trafen sich an der Unfallstelle, und küssten sich. Die verschwitzten Körper signalisierten sofort erhöhte Kopulationsbereitschaft. Stattdessen fuhren die beiden Rothaarigen zusammen Fahrrad. Beim pausenlos quatschen fuhr Kurt einen halben Meter vor ihr und verdrehte sich fast den Hals.

„Guck uff die Gass“, lachte sie auf Meenzerisch.

„Doi Klös sinn viel scheener“, schwärmte Kurt mit verliebtem Blick in ihren Ausschnitt. Ganz Besonders gefiel ihm das kleine Halskettchen mit dem Anhänger, das zwischen den verschwitzten Brüsten baumelte. Noch lieber ließ er sich zurückfallen, und rief begeistert: „Ohh, host du en geile Bobbes!“

„Wo fahren wir überhaupt hin?“

„Zum Heisje“, sagte Kurt.

Sie stellte sich tausend Dinge vor. Eine altbackene Pension mit kratzenden Frotteebetttüchern und dunkelgrünen Fliesen aus den Siebziger Jahren? Ein schnuckeliges ‚Hotel zum Kurt'? Ein Fitness-Sport-Wellness-Dingsbums?

„Dess iss moi Heisje", sagte Kurt.

Das Häuschen stand mitten im Wingert. Kein Kanal, kein Strom, nichts. Kurt langte in den Zwischenraum zwischen Mauer und Dach., fand einen rostigen Schlüssel, und öffnete die knarzende Tür. Das ·Haus bestand aus einem einzigen Raum. In der Mitte stand ein rostiger Ofen. Die Wände waren mit alten Musikplakaten verziert. Ansonsten: Vergammelter Filz, Mäusenester, Spinnweben, faulende Sperrmüllmöbel, und viele leere, verstaubte Weinflaschen.

„Des Heisje hab isch gebaut", sagte Kurt stolz, und erzählte. Als er 15 Jahre alt war, hatte Adolf eine baufällige Scheune abgerissen. Kurt und seine Freunde hatten Steine, Balken und Ziegel mit dem Trecker in den Wingert gefahren, und ein Häuschen gebaut. Einfach so. Den Zement und den Putz hatten sie geklaut.

„Und dann?"

„Ei dann habbe mir hier immer gesoffe unn gekifft", erzählte Kurt. „Dess war unser Jugendzentrum."

Sie lachte sich schief, als sie die alten, vergammelten Fotos an der Wand sah. Auf einem Bild glotzten betrunkene Jugendliche in die Kamera. Ein etwas älteres Mädchen hielt einen etwas jüngeren rothaarigen Bub fest, damit er nicht umfiel.

„Das bist du", lachte Petra.

Kurt schwärmte begeistert in seinen Erinnerungen. „Ja, dess war moi erst Freundin. Und noch begeisterter zeigte er auf das verfaulte Sofa: „Da hab isch zum erste Mal im Lebe gebeerscht.“

Kurt hatte eine wundervolle Art über Sexualität zu reden. Allein seine leuchtenden Augen, und das ganze Gefühl, das er in das Wort „beerschte“ legte, war in langweiligem Deutsch nicht wiederzugeben.

„Isch will jetzt berschte“, lachte Petra.

„Jetzt geht's los!“, sagte Adolf in 70 Meter Entfernung.

„Hmm“, stöhnte sie mit genussvoller Lust, als sie langsam ihr Becken nach vorne schob.

„Aah“, antwortete der Mann, als er fühlte, wie ihre inneren Muskeln seinen Schwanz umschlossen.

Die Bank vor dem Häuschen war ideal für Verliebte. Jugendliche Vollidioten hatten nämlich die Rücklehne abgerissen. Jetzt lag der Mann auf dem Rücken und sie konnte bequem rittlings auf ihm reiten.

„Ooh“, stöhnte die Verliebte, als sie das Becken langsam nach hinten schob.

„Aah“, schnaufte der Verliebte und liebkoste zärtlich ihre Brustwarzen.

Sie kicherte, schob das Becken zurück, beugte den Kopf nach unten, und küsste ihn. Dann schob sie das Becken wieder nach vorne und richtete den Blick nach oben. Allmählich wurde sie schneller. Schließlich bearbeitete sie ihn mit mahlenden Beckenbewegungen, wobei ihre Brüste lustig im Kreis hüpften. Dabei stieß sie spitze Schreie aus. Er bekam einen hochroten Kopf und grunzte vor Freude.

Es war auch ein Wetter für Verliebte. Über ihnen schien der blaue rheinhessische Sommerhimmel. Um sie herum war nichts als Wingert. Niemand sah sie, außer einem Bussard, der träge seine Kreise zog, und einem dicken rheinhessischen Feldhamster, der sich auf die

Hinterfüße stellte, um misstrauisch nach Bussarden Ausschau zu halten. Außer den Verliebten war weit und breit kein Mensch zu sehen. Dachten sie jedenfalls. Aber das war ein Irrtum.

„Hoho!“, lachte Herbert Dickmilch und richtete das Fernglas auf die Bank.

„Gas gebbe!“, feuerte der alte Jäger die Verliebten an. Aber die hatten es im Moment nicht eilig. Jedenfalls ließ die Frau das Becken wieder langsamer kreisen.

„Hopp, hopp, hopp!“, lachte Herbert.

Die beiden alten Deppen konnten gefahrlos reden. Der Wind trug ihnen das Gestöhne der Verliebten zu, verhinderte aber, dass die Verliebten das Gebabbel der Spanner hörten.

Herbert Dickmilch sah ungläubig auf seine Armbanduhr. „Moi lieber Scholli! Der hot ganz schee Ausdauer!“

„Hot er vun mir geerbt!“, behauptete Adolf stolz.

Da zog die Frau das Tempo an, und stieß wieder spitze, lustvolle Schreie aus.

„Jetzt Endschpurt!“, rief der alte Jäger der Frau zu.

Aber der Endspurt wurde verzögert. Im Eifer des Gefechts passierte den Verliebten ein kleines Malheur.

„Hähä“, lachte Herbert. „Jetzt isser rausgerutscht!“

„Schteck en widder noi!“, forderte Adolf.

Tatsächlich war sie so heftig auf ihm herumgehüpft, dass dabei die Verbindung abgerissen war. Sie nutzte die Gelegenheit, um sich umzudrehen. Lachend fädelte sie den „Bibbes“ wieder ein, stützte sich mit den Händen auf den Unterschenkel des Mannes ab, und ließ ihren Hintern kreisen. Ein gewaltiges Gestöhne und Gegrunze.

„Die zwää habbe rischdisch Schpass!“, sagte Herbert Dickmilch voll ehrlicher Anerkennung.

„Na endlisch!“, meinte der alte Jäger, als das rauschende Finale vorbei war.

Glücklich saßen beiden Nackten auf der Bank, und rauchten. Dann machten sie Picknick, öffneten eine Flasche Winzersekt und alberten verliebt herum. Kurt schmierte etwas dunkles auf ihre Brustwarzen und schlabberte das Zeug mit der Zunge begeistert ab.

„Schokoladebudding“, sagte der alte Jäger.

„Gut“, sagte Herbert zu seinem Freund. „Losse mir die zwää jetzt alläã? Die komme gut ohne uns zurescht.“

„Wart doch emol!“, sagte der alte Jäger.

Tatsächlich fingen die beiden Verliebten nach dem Essen schon wieder an zu knutschen. Die Frau griff dem Mann dabei zärtlich zwischen die Beine, und spielte an seinem Bibbes herum. Dann nahm sie einen Mund voll Sekt und kniete vor ihm.

„Jetzt bass uff!“, sagte der alte Jäger begeistert.

„Sack Zement!“, lachte Herbert kopfschüttelnd. „Die kachele ja noch emal!“

„Ui, ui, ui“, rief der nackte Mann, als er den kühlen, prickelnden Sekt, und die heiße Zunge auf seiner Eichel spürte.

„Au, au, au!“, riefen die alten Spanner begeistert.

Dann nahmen die Verliebten die Decke von der Bank, breiteten sie im Gras aus, und wälzten sich darauf herum. Eine Zeitlang schleckten sich die beiden genussvoll zwischen den Beinen.

„Isch kann aach franzesisch“, lachte Herbert. „Nur mit de Schpraach haperts.“

Herbert und Adolf stellten wüste Mutmaßungen darüber auf, was die beiden jetzt treiben würden.

„Von hinte!“, behauptete Herbert, weil er das am liebsten sehen würde.

„Isch wett um drei Sauergepschpritze, dass de Kurt jetzt nach obbe derf!“

Anscheinend überlegten die Verliebten auch, was sie jetzt tun sollten. Sie stellten ihre Schleckereien ein, und alberten gickelnd auf der Decke herum.

„Jetzt mach schon!“, forderte Adolf.

Herbert verlor die Wette. Bei der zweiten Runde durfte der Mann nach oben. Sie schlang die Beine um seinen Hals, quietschte vergnügt, und gab ihm Kommandos, wie er sich bewegen sollte. Der kleine dicke rheinhessische Feldhamster vergaß den Bussard, stellte sich auf die Hinterfüße, und sah interessiert zu, was die nackten Zweibeiner da taten. Die Spanner auch.

„Wie isch jung war“, behauptete der 76 Jahre alte Herbert, „da konnt isch sechs Mal hinnernanner!“

„Isch aach!“, lachte der 80 Jahre alte Adolf. „Abber dess iss fuffzisch Jahr her.“

„Was fer en Fescher!“, staunte Herbert. „Kennste die Fraa?“

„Nää“, sagte Adolf. „Abber jetzt wääß isch, warum er son Schtaatsgeheimnis draus macht. Guck emol genau.“

Herbert sah durch das Fernglas deutlich den Ring, den sie trug. „Hähä“, lachte er verständnisvoll, weil er seit Jahrzehnten ein Verhältnis mit seiner verheirateten Nachbarin hatte. Aber dann hörte er auf zu lachen. Soeben hatte er die Frau erkannt. „Au, au, au“, murmelte er.

„Unn, wie sieht's aus?",

fragte Herbert, als er wieder ins Kompetenzzentrum kam.

„Schlescht", stöhnte Karl. Er sah nicht gut aus.

Franky sah noch schlechter aus. Wie ein Radfahrer, der bei einer schweren Bergetappe aufgegeben hatte. „Die hängt mich dauernd ab", jammerte er.

„Dess iss schlescht", tadelte der Qualitätsmanager. „Babbel nit so dumm", stöhnte Karl.

„Isch weiß, mit wem die berscht", erklärte Herbert und verschränkte die Arme. „Isch saachs abber net!"

„Du bist depp!"

„Isch bin net depp!", widersprach Herbert. „Abber isch kenn den Winzer, unn kann den gut leide. Außerdem habbe sisch die zwää so goldisch gern, dass se fümfmal hinnernanner berschte. Unn dess macht mer nur, wenn mer sisch rischdisch gern hot."

„Das ist Sabotage", behauptete Franky.

„Dess iss Verrat!", tobte Karl.

Herbert: „Isch verrat nix. Ferdisch!!"

„Herbert, dess kannste nit mache! De Siegfried ruft dauernd an, unn hält uns fer unfähisch!"

„Gib uns wenigstens einen Tipp", flehte Franky.

Herbert holte eine Rieslingflasche aus dem Kühlschrank, und stellte sie auf den Tisch.

Franky hielt ungläubig den Etikettfetzen an die Flasche. Karl schlug sich mit der Hand an die Stirn, dass es klatschte. 127 Etiketten von 89 Winzern hatten sie in mühevoller Kleinarbeit mit diesem Fetzen abgeglichen, aber nicht das Etikett von dem Winzer, dessen Wein sie soffen.

MTK“,

stand auf dem Kennzeichen des Tanklasters.

„Haha“, lachte Karl „Die Winzerin kommt mit eme Tanklaster! Dess ist unauffällischer.“

Die beiden Detektive sassen im BMW, und beobachteten die Einfahrt zu Kurts Weingut. Aber es stieg keine Frau aus dem LKW, sondern ein Mann. Mit einem kleinen Handkoffer verschwand er in Kurts Hof. Eine halbe Stunde später zerrte er einen Schlauch durch das Kellerfenster, schloss ihn am Tank fest, und drehte den Hahn auf. Franky schoss Fotos, und analysierte messerscharf: „Der tankt hier bestimmt kein Wasser.“

Karl rief sofort seinen alten Polizeikollegen Binger Hansi an. Der hieß so, weil er aus Bingen kam. Jedenfalls war er noch im aktiven Dienst.

„Bolizei Meenz“ , schnaufte Hansi ins Telefon. „Was gibt's dann schon widder?“

Karl gab das LKW-Kennzeichen durch, verlangte, und bekam die Adresse des Fahrzeughalters.

„Warum willste dess wisse?“, fragte Binger Hansi grenzenlos neugierig.

„Ebe reißt die Verbinung ab!“, schrie Karl ins Telefon, und stellte das Handy aus.

Sie folgten dem LKW unauffällig nach Hessen, und schossen Fotos, als er in Tiefbach in Siegfrieds Hof verschwand.

Franky: „Unglaublich! Jetzt wissen wir, wo der weltberühmte Rheingauer Riesling herkommt!“

„Alle Hesse sinn Verbrescher“, stimmte Karl zu, „klaue Subventione, Woi, unn Aschebescher.“

„Isch schlaach eisch all doot!“

„Es geht los“, sagte Karl, als sie um 10:15 Uhr mit dem Fahrrad aus Siegfrieds Hof fuhr.

Franky legte seine Bodybuilderzeitschrift zur Seite, schoss Fotos, und raste mit dem BMW direkt nach Harxheim. Dort legten sie sich vor Kurts Hóf auf die Lauer. Um 11 Uhr bretterte ein rotblonder Hüne auf einem Schmalspurschlepper mit einem kleinem Anhänger aus dem Tor. Franky legte seine Bodybuilderzeitschrift zur Seite, schoss Fotos, und folgte dem Traktor über Feldwege unauffällig in die Weinberge.

Weil irgendetwas an dem Anhänger klapperte, bremste der Winzer, stieg ab, und sah nach dem Rechten. Es war nur die große Werzeugkiste, die auf dem Anhänger herumhoppelte. Er befestigte das Ding mit einem Strick, und stieg wieder auf den Traktor. Dabei bemerkte er hinter sich einen schwarzen BMW mit Mainzer Stadtkennzeichen auf dem Feldweg. *Bleede Schtädter, die wo mit em Audo in de Wingert fahre, um schpaziere zu gehe,* dachte Kurt, und fuhr weiter. Vor seinem Wingert mit dem kleinen Häuschen machte er halt, und fing an, pfeifend in den Zeilen herumzuknorzeln.

„Meenste, dass der uns gesehe hot?“, fragte Karl.

„Glaub nicht“, meinte Franky, und behauptete, dass er bei der Bundeswehr „robben“ gelernt habe.

Also robbten sie durchs Gebüsch, und sahen dem Winzer bei der Arbeit zu. Sicherheitshalber schalteten sie ihre Handys aus. Das war zwar einerseits schlau, aber andererseits war ihre Tarnkleidung nicht optimal. Karl trug grellbunte Bermudashorts, Franky ein weißes Muscleshirt. Die Hose und das Hemd stachen deutlich aus dem grünen Gestrüpp hervor. Sie legten sich auf die

Bäuche in Deckung. Franky schnitt mit dem Taschenmesser ein paar Disteln ab, um freie Sicht für die Kamera zu gewinnen.

„Scheiß Ameise", jammerte Karl nach 10 Minuten, weil die Viecher über seinen Körper, in die Hose, und unter das Hemd krabbelten.

Franky: „Hast Du Sonnencreme und Autan dabei?"

„Dess iss die Uffgab vom Scheffassistent", tadelte Karl. Die Sonne brannte unangenehm auf seine käseweißen Speckbeine. Nur sein Oberkörper wurde vom Gebüsch vor der Sonne geschützt. Inzwischen summten auch Stechmücken und Bremsen um sie herum.

Franky: „Und wenn die sich heute gar nicht treffen? Vielleicht rast die ja wieder allein auf den Feldberg?"

„Iss egal", entschied Meisterdetektiv Karl. „Irschendwann treffe die sisch. Frieher odder schpäder."

Sie trafen sich um 13:25 Uhr. Die Winzerin sprang vom Fahrrad, und rannte auf den Winzer zu. Der Winzer ließ sein Werkzeug falllen, und rannte auf die Winzerin zu. Dann lagen sie sich minutenlang in den Armen.

„Dess iss jo rischdisch romandisch", meinte Karl.

Dann rissen sie sich gegenseitig die Klamotten herunter, stürzten zur Bank vor dem Häuschen, fingen an, zu bürsten, und fanden kein Ende mehr.

„Ist ja voll Hammer!", staunte Franky, und schoss Fotos.

„Gell du host misch gelle gern", summte Karl begeistert nach der dritten Runde. Herbert hatte recht. Das musste eine große Liebe sein.

Um 15:45 Uhr zog sie sich an, verabschiedete sich, und fuhr mit dem Fahrad weg. Der Winzer blieb noch eine Weile nackisch auf der Bank sitzen, rauchte, und sah verliebt in die Gegend. Dabei fiel ihm etwas auf.

„Feierabend!“, entschied Karl. Er hatte jetzt genug Beweismaterial der ehelichen Untreue. Sie robbten rückwärts aus dem Gebüsch, und gingen zum Auto.

„Eigentlich hat Herbert recht“, sagte Franky nachdenklich. „Das ist richtig scheiße, wenn wir die beiden Verliebten auffliegen lassen.“

„Fang Du jetzt aach noch an!“, brummelte Karl. Aber auch er hatte ein schlechtes Gewissen bei dem Gedanken, Siegfried die Beweisfotos zu geben. Er entschied einfach, ein paar Tage lang gar nichts zu tun. War ja egal. Schließlich zahlte der Auftraggeber so lange die Spesen. Das war das Schmerzensgeld für seine verstochenen und verbrannten Beine. Der Sonnenbrand in den Kniekehlen machte sich beim Gehen unangenehm bemerkbar.

Dann hörten sie hinter sich einen Traktor, der immer näher kam. Zuerst dachten sie sich nichts dabei. Aber als sich Franky umdrehte, und den Fahrer erkannte, wurde er kreidebleich. Es war ein nackter, brüllender Riese, dessen rotblonde Haare im Fahrtwind flatterten.

„Frängie, renn!“, schrie Karl, und dann rannten sie zum Auto. Franky stieß rückwärts in einen schmalen, nicht geteerten Feldweg, um den Wagen zu wenden Es war aber zu spät. Der Traktor raste genau auf ihn zu.

„Isch schlaach Eisch doot, Ehr scheiß Schpanner!!“, brüllte Kurt, und trat das Gaspedal durch.

„Frängie, geb Gas!“, schrie Karl.

Franky hatte keine andere Möglichkeit. Um zu entkommen, musste er rückwärts durch den schmalen Feldweg heizen.

„Isch schlaach eisch doot!“, brüllte Kurt noch lauter, als der Traktor mit 35 Km/h auf den BMW zudonnerte.

Als sie weg war, und er danach auf der Bank noch eine Zigarette rauchte, nahm Kurt zum ersten Mal richtig die Umgebung wahr. Das erste, was ihm auffiel, war der schwarze BMW, der 200 Meter weiter parkte. Und dann entdeckte er 50 Meter weiter im Gebüsch zwei Farbtupfer, die nicht ins Gebüsch gehörten. Er erkannte sie nur, weil sie sich bewegten. Sie bewegten sich langsam in Bodennähe von ihm weg. Er brauchte eine Weile, bis er die beiden Farbtupfer zuordnen konnte. Der bunte Farbtupfer gehörte zu einem kleinen Mann mit dickem Arsch. Der weiße Fleck war die Oberbekleidung eines schlanken Mannes.

Als Kurt begriff, dass es sich um Spanner handelte, setzte er blitzartig seine 120 Kilo in Bewegung, um sie totzuschlagen. Nach 20 Metern merkte er, dass er keine Schuhe anhatte, und immer noch völlig nackt war. Die Fußsohlen taten höllisch weh, wenn er über spitze Steine und hartgebackene Erdklumpen rannte. Das machte ihn noch wütender. Außerdem konnte er nicht nackt durch das dornige Gestrüpp flitzen. Also was tun?

Schreiend und fluchend stolperte er zurück zum Traktor, drehte den Zündschlüssel, bretterte über den Feldweg auf den BMW zu, und ging auf Rammkurs.

„Rummms!“, machte es, als der Traktor mit dem massiven vorderen Anhängemaul den blechernen BMW rammte, und dessen Front eindrückte. Von der Aufprallwucht getroffen, hüpfte das Auto nach hinten, und die beiden Insassen wurden durchgeschüttelt wie die berühmten Wackeldackel auf der Hutablage.

„Isch bring eisch um!“, plärrte Kurt auf dem Traktor, und jagte den zerbeulten BMW vor sich her.

„Frängie, fahr schneller!!“, kreischte Karl.

Ein tiefergelegter BMW ist als Fluchtfahrzeug in einem unbetonierten Feldweg generell denkbar ungeeignet. Der Front- und der Heckspoiler schlugen dauernd an. Der Auspuff rammte eine Furche in den Weg, bis er gegen einen Stein krachte, und einfach abriss. Weil die Stoßdämpfer ausgeleiert waren, hüpfte der Wagen wie ein besoffenes Kängeruh durch die Schlaglöcher, und krachte dauernd mit dem Unterboden auf den Feldweg. Vor allem musste Franky rückwärts fahren. Es war schwer, den Wagen unter Kontrolle zu halten, zumal der Traktor dauernd aufschloss und – Rumms - mit dem nächsten Rammstoß den Frontspoiler abriss. Inzwischen war auch die Wanne aufgerissenen, weshalb das Auto eine breite Ölspur hinter sich her zog.

„Schneller!", brüllte Karl. „Er kommt schon widder!", und – rumms - krachte der Traktor gegen den BMW.

„Eisch mach isch ferdisch!!", brüllte Kurt, und setzte zum nächsten Rammmanöver an.

Der wahnsinnige Verfolger auf dem Traktor war gegenüber dem Fluchtfahrzeug eindeutig im Vorteil. Vor allem hatte er Heimvorteil. Kurt kannte hier jedes Schlagloch persönlich. Gnadenlos jagte er das zerbeulte Auto vor sich her, und zertrümmerte die Vorderfront mit heftigen Angriffen. Ziemlich schnell war der Kühler kaputt, und produzierte Wolken aus heißem Wasserdampf. Beim fünften Aufprall sprang der verbeulte Motordeckel hoch, und blieb in dieser Position. Jetzt konnte Karl die mörderischen Rammstöße nicht mehr ankündigen. Als der Wagen seitlich ausbrach, knallte Franky gegen die Böschung, wobei die ganze Fahrerseite aufriss, der Heckspoiler abriss, und sich an einem Hinterrad verfing. Als das Hinterrad deshalb platt war, konnte er den BMW gar nicht mehr kontrollieren.

„Isch bring eisch um, Ehr scheiß Schpanner!“, brüllte Kurt, und donnerte wieder mit Karacho gegen die völlig zertrümmerte Front des Autos. Mit panischer Angst sah Franky, dass der Hohlweg jetzt eine Kurve machte, aber der platte BMW machte die Kurvenbewegung nicht mehr mit. Das Heck fuhr geradeaus auf einen Abhang zu.

„Der bringt uns um!“, heulte Karl.

Als Franky erkannte, dass ihn der Traktor auf den Abhang zutrieb, wollte er die Fahrertür öffnen und rausspringen. Aber die verbeulte Tür klemmte. Er versuchte den ersten Gang einzulegen, und gegen den Traktor zu schieben. Dabei würgte er den qualmenden Motor ab. Panisch zog er die Handbremse, aber es half nichts. Der Traktor schob ihn mit wuchtigen Rammstößen auf den Abhang zu. Karl stemmte sich gegen das Armaturenbrett, schloß die Augen, und sagte gar nichts mehr.

„Eisch mach isch ferdisch!!“, brüllte der Winzer, und drückte den BMW gegen den Abhang.

Nach dem letzten Rammstoß spürten sie in der Magengrube ein Gefühl wie beim Achterbahnfahren. Das Heck des Wagens senkte sich langsam den Abhang hinunter, und dann schoß der ganze BMW abwärts, bis er mit einem furchtbaren Krach von einem Baum gestoppt wurde. Das war aber nicht das Ende des Alptraums. Der rotblonde Riese stürmte brüllend den Abhang herunter. Karl versuchte die Autotür zuzuhalten, aber es half nichts. Der Riese riss die Tür mit solcher Wucht auf, dass sie aus den Angeln riss. Dann zerrte er die beiden Spanner wie Puppen aus dem Auto, und schlug ihre Köpfe gegeneinander.

„Hör uff!“, schrie Karl halb benommen. „Mir ergebbe uns!“

Aber Kurt nahm das Kapitulationsangebot nicht an. Daran war Franky schuld. Er trug immer noch die Kamera um den Hals. Der Gedanke, dass er mit seiner Freundin auch noch gefilmt worden war, machte Kurt erst richtig wütend.

„Bildscher habt ihr aach gemacht?!“, brüllte er, und gab jedem einen schönen rheinhessischen Schlag „in die Fratz“.

Da purzelten die beiden noch einmal den Hang hinunter. Anschließend wurden sie mit Fußtritten wieder den Hang hochgejagt; Widerstand zwecklos. Oben kam das beste. Mit Stricken aus seiner Werkzeugkiste, wurden sie am Anhänger festgebunden. Kurt fuhr mit dem Traktor zum „Heisje“. Die beiden Detektive mussten wie angebundene Kälber hinterherlaufen.

„Bloß nicht hinfallen“, warnte Franky. „Der bremst nicht für uns!“

Kurt stieß sie mit Fußtritten in das Häuschen, machte die Tür hinter sich zu, und begann mit dem Verhör. Dabei stützte er sich auf einen Spaten. „Soll isch eusch mit de Schipp dootschlaache, unn im Wingert vergrabe?“, fragte er drohend.

Karl fiel als erster um. Er plapperte atemlos um sein Leben: „Mir kenne nix dezu. Mir sinn Privatdedegdive. De Siegfried schickt uns, unn ...“

Diese Antwort hatte aber auf Kurt keine beruhigende Wirkung. „Dann schlaach isch den Siegfried aach doot!“, brüllte er wütend.

Franky zeigte mit zitternden Händen seine Visitenkarte. „Scheiß Schnüffler!“, brüllte Kurt, und zerhackte – außer sich vor Wut – das alte Sofa mit dem Spaten.

„De Herbert aus Mummerum kann alles erkläre, alldieweil ...“

Kurt stutzte einen Moment. Der Jägerkumpel seines Vaters? Was hatte der alte Hutsimpel damit zu tun?

„Sofort anrufe!“, plärrte Kurt.

Karl tippte mit zitternden Händen Herberts Nummer. „Herbert! Schnell! De Kurt hot uns verwischt. Es geht um Lebe unn Dot, unn ...“

„Ui“, sagte Herbert. Einen Moment überlegte er, ob er mit einem alten Karabiner aus seiner Waffensammlung kommen, und seine Freunde retten sollte. Aber dann hatte er eine bessere Idee. Er rief den Ölprinz an. „Bass acht! De Karl Napp hot widder Scheiße gebaut. Komm sofort nach Harxem unn ...“

„Womit hab isch das verdient?“, seufzte der Ölprinz, sagte Termine ab, und raste nach Harxheim zum Weingut Rebenlaus. Dort stieg er in Herberts jägergrünen Opel und hielt die Luft an, weil das Auto so penetrant nach Hund und alten Knochen stank. Wie immer war es schwer, aus Herberts Gebabbel brauchbare Informationen herauszufiltern. Vorsichtig klopfte der Anwalt an die Tür vom „Heisje“.

„Ei Guude“, sagte Herbert zu Kurt.

„Halldoimaul!“, zischte Kurt.

„Goddseidank“, seufzte Karl.

„Wer bist dann du jetzt?“, knurrte Kurt.

„Ich bin Anwalt“, sagte der Ölprinz.

„Anwält kann isch noch wenischer leide, als wie Schpanner!“

„Was Sie da tun“, erklärte der Anwalt, „ist schwere Körperverletzung, Nötigung, Freiheitsberaubung, und ...“

„Iss mir scheißegal“, zischte Kurt.

„Und meinen Wagen hat er auch kaputt gemacht“, nuschelte Franky. Er sprach undeutlich, weil seine aufgeplatzte Lippe anschwoll.

„Soll isch der noch emol in die Fratz haache?!“, fragte Kurt drohend.

„Die Dedektive“, erklärte der Anwalt größzügig, „werden auf Anzeigen und Schadensersatzforderungen verzichten.“

„Hä?“, fragte Karl, sagte aber nichts mehr, weil ihn Kurt drohend ansah.

„Außerdem habe ich die Detektive beauftragt, und zwar im Auftrag meines Mandanten, der gleichzeitig der Ehemann ihrer Freundin ist.“

„Dess wird jo als besser!“, grummelte Kurt, und drohte, „dem Siegfried kannste ausrischte, dass isch em aach uff die Fratz haach, wenn isch en treff!“

„Davon rate ich Ihnen dringend ab“, riet der Anwalt, und fragte ganz sachlich nach Beweismaterial.

„Fotos“, nuschelte Franky vorsichtig.

„Die hab isch jetzt!“, knurrte Kurt.

„Behalten Sie die Fotos“, sagte der Anwalt.

„Unn wass iss mit dem Woi?“, fragte Karl, und erzählte von dem Tanklaster.

„Das ist ja interessant“, staunte der Anwalt. „Sie machen mit meinem Mandanten illegale Geschäfte?“

Kurt: „Dess geht disch en Scheißdreck an!“

„Das ist ein schwerer Verstoß gegen das Deutsche Weingesetz, Steuerbetrug, und ...“

„Du gehst mir uff die Erbs mit dem Juristescheißdreck!“

„Wann treffen Sie sich das nächste Mal heimlich mit der Ehefrau meines Mandanten?“

„Geht disch gar nix an!“

„Ich schlage vor, dass ich mich mit ihrer Freundin treffe.“

„Fer wass?“, zischte Kurt.

„Um eine gütliche Lösung im Sinne aller Beteiligten zu finden. Als Vertrauensbeweis behalten Sie die Fotos. Ich nehme die beiden Fernspäher mit nach Mainz, und setze sie in der Uniklinik ab.“

Langsam kam Kurt zur Besinnung. „Schafft eisch all fort, bevor isch mir's annerst übberleesch!“

„Dess hoste guud gemacht, Dogdor“, lobte Herbert, und klopfte dem Anwalt auf die Schulter, als sie alle draußen waren.

„Wie seht ihr dann aus?“, fragte Erna. „Seid ihr vom Bulldog ibberfahre wor'n?“

„So ähnlisch“, jammerte Karl. Seine dünnen kurzen Beine waren hinten knallrot. Arme, Beine, Hals und Kopf waren zerstochen, und vorne schwoll das linke Auge zu.

Franky sah auch nicht gut aus. Sein T-Shirt war voller Blut. In der Uniklinik hatten sie die dicke Lippe genäht. Er konnte kaum sprechen. Beim Nuscheln tat ihm der Kiefer weh, und mit der Zunge fühlte er unangenehm die zerfaserte Innenseite der geschwollenen Backe. Außerdem hatte er ein Schleudertrauma, weshalb er eine Halskrause trug. Am meisten schmerzte ihn aber die Tatsache, dass sein geliebter BMW jetzt ein Totalschaden war. Und die 2589 Euro Reperaturkosten waren noch gar nicht bezahlt.

Außerdem hoste Post!“, sagte Erna, und gab Karl einen Brief. Ergebnis der Blutprobe. Satte 2,19 Promille.

„Dess werd deier!“, sagte Erna.

Hier spricht der Ölprinz“,

sagte der Ölprinz, und fragte vorsichtig: „Sind Sie alleine?“

„Ich sitze alleine im Büro“, sagte die Winzerin, und wunderte sich, warum sie vom Anwalt gesiezt wurde, obwohl sie sich seit der Weindegustation duzten.

Anwalt: „Ich muss mich mit Dir schnell treffen, ohne dass Dein Ehemann etwas davon erfährt.“

„Wozu so geheimnisvoll?“

„Weil man mit cholerischen Winzern nicht reden kann“, erklärte der Ölprinz. „Zwischen Rheingauern und Rheinhessen gib’s da gar keinen Unterschied. Ich kenn mich da aus, weil ich vom Bauernhof komme!“

„Was soll das heißen?“

„Dein krankhaft eifersüchtiger Ehemann hat mich beauftragt, dir mit Privatdetektiven hinterherzuschnüffeln.“

„Das ist doch das letzte!“, sagte sie empört.

„Nein! Zum allerletzten hat Kurt Rebenlaus die Detektive verprügelt, und ihr Auto demoliert.“

Unter dem Vorwand einer eiligen Weinlieferung fuhr sie sofort in die Kanzlei. Erst auf der Fahrt nach Mainz dämmerte ihr, warum Kurt die Detektive verprügelt hatte.

„Haben uns die Schnüffler im Wingert fotografiert, oder was?“, fragte sie wütend.

„Ja, aber Kurt hat die Fotos. Und Siegfried weiß noch nichts davon. Jedenfalls kann man weder mit Siegfried, noch mit Kurt vernünftig reden. Besonders Kurt scheint eine wandelnde Zeitbombe zu sein.“

„Da stimme ich zu. Die beiden schlagen sich gegenseitig tot, wenn sie sich treffen.“

„Ist das mit Kurt ernst?“

„Es war mir noch nie so ernst. Am besten ziehe ich jetzt sofort bei Siegfried aus, und reiche die Scheidung ein."

„Warte", sagte der Anwalt, und zeigte ihr die Fotos von dem Tanklaster. „Siegfried verkauft nämlich Kurts Harxheimer Wein als teuren Rheingauer Riesling!"

„Der Wein ist von Kurt?"

„Genau", sagte der Anwalt. „Wenn das rauskommt, ist der Rheingauer Edelwinzer geschäftlich erledigt."

Und Kurt auch, dachte sie.

„Um das zu vermeiden, sollte Siegfried einer gütlichen Scheidung mit einer ordentlichen Abfindung für dich zustimmen."

„Das könnte funktionieren, weil er krankhaft auf seinen Ruf bedacht ist. Ganz Tiefbach wird sich totlachen über den Winzer, der von seiner Frau betrogen wurde. Das wird er um jeden Preis vermeiden wollen."

Anwalt: „Dann hätten wir die eine Kuh ja vom Eis".

„Warum tust du das für mich? Du verrätst deinen Mandanten. Das ist strafbar."

„Weil ich noch ein ganz anderes Problem habe. Ich soll für Brezelmüller den Kauf eines Weingutes organisieren und einen fähigen Geschäftsführer finden."

„Was hat das mit mir zu tun?"

„Ich habe überhaupt keine Ahnung von Wein."

„Soviel Mut zur eigenen Unwissenheit ist selten bei Anwälten."

„Und du brauchst jetzt eh einen neuen Job."

„Was gibt's denn als Geschäftsführerin im Weingut Brezelmüller zu verdienen?"

„Geld spielt da gar keine Rolle", erklärte der Anwalt. „Hauptsache Promiwinzer Brezelmüller steht oft in der Presse. Alles andere ist unwichtig."

Meenz bleibt Määnz

In der europäischen Weinhauptstadt Mainz änderte sich nichts. Es wurde nur immer schlimmer. Mit einem Höchstmaß an bürokratischem Aufwand wurde die alte Weinkelter in der Rheinstraße aufgestellt, und mit einem bombastischen Medienspektakel feierlich eingeweiht. Bei der Einweihung durften alle Freibiergesichter aus dem Mainzer Rathaus großartige Reden halten. Und die alte Kelter wurde sofort zum „Weltkulturerbe“ erklärt.

Danach musste das Rathaus saniert werden. Zum Leidwesen des Steuerzahlers wurde Erna Napps Vorschlag für 5 Millionen Euro inclusive der ökologischen Wutzenheizung nicht berücksichtigt. Der Bauunternehmer Hohlblockfriedel bekam den Auftrag für 50 Millionen. Und wie immer war keiner schuld, als die Sanierung am Ende 79 Millionen kostete. Friedel machte sich dabei jedenfalls „so rischdisch schee die Dasche voll“.

Die Bundesbahn schaffte es, den Personalmangel am Mainzer Hauptbahnhof zu beheben. Der Bahnhof wurde einfach geschlossen, alle Mitarbeiter entlassen, und die Gleise an einen Schrotthändler verkauft. Dadurch stieg der Aktienkurs, und der Bahnvorstand bekam fette Boni in dreistelliger Millionenhöhe ausgezahlt.

Auch der FSV Meenz Nullfümf sprang auf den richtigen Zug. Um den Status als „klimaneutraler Verein“ zu bewahren, wurden in der Kofack-Arena weder Vip-Loungen geheizt, noch Bier gekühlt. Die Fans mussten selbstgeschnitzte Holzbecher mitbringen, wenn sie etwas trinken wollten. Statt heißer Feuerwurst gab es nur noch kalte Grünkernbrätlinge zu essen. Bei Flutlichtspielen mussten 34000 Zuschauer mit 300 Watt Leistung 90 Minuten lang in die Pedale treten, um 34000 kleine

Energiesparlämpchen zu erleuchten. Um genug Punkte für die Teilnahme am Klima-Cup zu sammeln, musste die Profimannschaft mit dem Fahrrad zu Auswärtsspielen fahren. Züge führen ja eh keine mehr.

Auch sonst ging der Kokolores immer weiter. Die Geldstrafen für öffentliches Urinieren und Rauchen wurden erhöht. Kaum war der Alkoholausschank auf Mainzer Kindergartenfesten verboten, da wurden auch schon Stimmen laut, den Alkoholgenuss in Kneipen zu verbieten. Für Radfahrer wurden Helmpflicht, Führerschein, und die 0,0 Promillegrenze eingeführt. Mohrenköpfe und Zigeunerschnitzel wurden als „rassistische“ Speisen geächtet, Kantinen durften nur einmal wöchentlich Fleisch anbieten. Hausmacher Wurstplatte wurde generell verboten. Ein paar hundert fanatische Nichtraucher, Antialkoholiker und Vegetarier terrorisierten die ganze Stadt, und zeigten zehntausende Nachbarn bei der Polizei an.

Polizisten wurden pausenlos damit beschäftigt, Kindergärtnerinnen, Radfahrer, Wirte, Köche, Raucher, Fleischesser, Trinker und Pinkler festzunehmen. Deshalb konnten die größten Kapitalverbrecher fröhlich pfeifend und frei in Mainz herumlaufen.

In Mainz-Kostheim zeigte sich dieses Problem in verschärfter Form. Wegen dem neuen Polizeirevier im „Weißen Haus“ wurde das halbe Dorf verhaftet. Die armen Kostemer mussten ihr gesamtes Sozial- und Freizeitverhalten ändern. Zum Schluß wurden sie sogar noch gesetzlich gezwungen „hochdeutsch“ zu reden.

Karl Napp wurde ordentlich verdonnert, weil er beim Prozess sein Maul nicht halten konnte, und den Richter als „Arschtörtsche“ titulierte. Außer einer saftigen Geldstrafe musste er viele Sozialstunden ableisten und zusammen mit auffälligen Jugendlichen rund um das Kostheimer Bürgerhaus Unkraut zupfen. Wenn er fertig war, ging er immer ins „Beizje" einen saufen. Die Geldstrafe spendete er einer kleinen Schnapsbrennerei, deren Existenz durch hirnrissige Auflagen von wahnsinnigen EU-Bürokraten gefährdet war.

Wenigstens wurden die beiden Verliebten glücklich. Hier leistete der Ölprinz ganze Arbeit. Zuerst stimmte Winzer Siegfried einer fairen Scheidung zu, weil er mit seinen krummen Weingeschäften erpressbar war. Die Angst um seinen guten Ruf als König des Rheingauer Rieslings war größer, als die Wut auf seine Frau.

Als Gegenleistung beriet Siegfrieds Exfrau die Mainzer Handkäsmafia beim Kauf eines Weinguts. Mehr noch: Petra handelte ein fürstliches Gehalt als Geschäftsführerin aus, Kurt war für Keller und Wingert zuständig. Wenn Petra eine „Weindegustation" veranstaltete, schickte sie Kurt in den Wingert, damit er keine Weinkritiker und Dummschwätzer verprügelte.

Brezelmüller, Fleischworschttoni und Hohlblockfriedel glänzten auf den Pressefotos. Man nannte sie: „Die drei Mainzer Edelwinzer". Immer vor dem Wahlkampf ließen sich auch Nobby, Grieser und der Grüne blicken. Sie stolperten dann in Gummistiefeln durch den Wingert, und grinsten blöd in die Kameras, weil sie keine Trauben von Mirabellen unterscheiden konnten.

Die gekauften Berichte in den Medien waren voll des Lobes über „bodenständige Mainzer Persönlichkeiten aus Wirtschaft und Politik, die mit werthaltiger und nachhaltiger Weinwirtschaft Rheinhessenweine in ungeahnte Höhen führen und bla, bla, bla."

Und plötzlich wollte die ganze Welt keinen Rheingauer, sondern rheinhessischen Wein saufen. Jedenfalls räumte Kurts Riesling unter Brezelmüllers Etikett für 15,90 Euro reihenweise Preise ab. Den selben Riesling verkaufte Kurt unter seinem eigenen Etikett für 4,90 Euro in seiner Strausswirtschaft, wo Gisela die Stellung hielt. Weinkritiker Schtolte - der Depp - hielt den teuren natürlich eindeutig für den besseren.

Schon nach fünf Jahren hatte Brezelmüller sein Ziel erreicht. Das „Weingut Brezelmüller“ war eine „Weltmarke“. Schlau, wie er war, verkaufte er das Ding im richtigen Moment an einen russischen Milliardiär, und verdiente dabei Millionen. Genau genommen, leitete Geschäftsführerin Petra die Verhandlungen, und strich eine fette Provision ein.

Mit dem Geld wurde das Weingut Rebenlaus aufgemöbelt. Gisela machte die Küche plus Hotelbetrieb, Kurt den Wein, Petra regelte die Finanzen. Und Winzer Adolf wurde steinalt. Eines Tages, beim Frühstück, brummelte er noch etwas von wegen „neimoderne Ferz“, und dann fiel er tot um. Zu seiner Beerdigung kamen alle Jägerkumpels und feierten ein rauschendes Fest. Herbert Dickmilch grölte am lautesten.

Ende

Wenn Ihnen dieser Karl-Napp-Krimi gefallen hat, dann blättern Sie bitte weiter: Es gibt noch sieben andere von der gleichen Sorte.

Big Deal oder der Stecher von Mainz

Mainz: Hausmeister und Privatdetektiv Karl Napp erhält den Auftrag, sie Frau eines stadtbekannten Unternehmers der ehelichen Untreue zu überführen. Karl Napp stößt bei seinen Nachforschungen auf einen skandal, dass der Dom wackelt. Sex, Lügen, Videos, Korruption, Erpressung.

Mittendrin: die ehrenwerten Mitglieder der Mainzer Handkäsmafia. Unternehmer, Ärzte, Anwälte, Polizisten, Beamte, Lokalpolitiker, Fassenachter, Nullfümfer.

Die Stimmen der Kritik

Emma
Sexistisch, vulgär, unterstes sprachliches Niveau

Mackenbacher Landbote
Sehr gut. Schnell, spannend, witzisch, Sex und Crime: so sollten Krimis sein.

Journal Litteraire Hebdomadeire
Quel esprit!

MRR an einem guten Tag
Diesäs Buch ist ein gutäs Buch

MRR an einem schlechten Tag
Dieses Buch ist ein schlechtäs Buch!

Big Deal oder Der Stecher von Mainz. Kriminalroman von Dieter Schmidt. Karl-Napp-Verlag 2001.
EAN: 978-3-9809395-3-9

Big Deal oder
Der tote Kuttenbrunzer im Sado-Maso-Käfig

Mainz. Ein katholischer Priester wird nackt und tot im Käfig eines Sado-Maso-Bordells aufgefunden. Vorläufige Todesurursache: Zuviel Suff, zuviel Koks, zuviel Viagra, zuviel Puff.

Nachforschungen ergeben, dass der tote Pfaffe zu Lebzeiten ausschweifend der bisexuellen Fleischeslust frönte. Außerdem war der geile Kuttenbrunzer tief in den Parteispendenskandal verwickelt.

Wurde er vielleicht doch ermordet? Von der Kirche? Von katholisch-fundamentalistischen Terroristen? Oder steckt die Mainzer Handkäsmafia dahinter? Privatdetektiv Karl Napp ermittelt.

Johannes Gutenberg +

In dem Krimi geht's um Geld, Sex, Politik und Religion. Geiles Buch, hätt isch aach gern gedruckt.

Wiesbadener Literaturkurier

Widerlich! In diesem Krimi wird der Mainzer so beschrieben, wie er in Wirklichkeit ist. Laut, ordinär, schlecht angezogen und auch noch stolz darauf.

Südwestdeutscher Literaturrundfunk

Schpannend, witzisch unn sorgfäldisch rescherschiert. Subber. Son Kokolores find isch immer gut.

Big Deal oder Der tote Kuttenbrunzer im Sado-Maso-Käfig. Kriminalroman von Dieter Schmidt. Karl-Napp-Verlag 2002. EAN: 978-3-00-010351-1-3

Ääner geht noch!

Johannes Gutenberg ist der berühmteste Meenzer aller Zeiten, weil er angeblich den Buchdruck erfunden hat. In Wahrheit weiß man noch nicht einmal, wie er aussah. Alle Bilder, alle Denkmäler von ihm sind frei erfunden.

Als die Spur eines Gutenbergportraits aus dem Jahr 1454 auftaucht, gerät ganz Määnz aus dem Häusschen. Die Presse, die Handkäsmafia, die Hells Angels, ja sogar Wiesbadener jagen hinter dem alten Gutenberg her. Die Rheinhessische Befreiungsfront (RHF) ist auch dabei. Deshalb mischt der Verfassungsschutz mit. Zwischen allen Fronten: Privatdetektiv Karl Napp.

Johannes Gutenberg +

Ja gut, sischerlisch. Schtimmt alles, was übber misch in dem Buch schteht. Abber grad deshalb! Wenn isch den Audor verwisch, haach isch em uff die Fratz, dem Arschtörtsche!

Europäisches Institut für vergleichende Sexualforschung: Sauwitzisch! Der Mainzer Dialekt hat einen unglaublichen sexuellen Wortschatz. Schon Carl Zuckmayer war begeistert von dieser saftigen Fleischworschterotik.

Wiesbadener Literaturkurier: Wie hier Wiesbadener dargestellt werden, ist empörend! Außerdem ist das Buch intellektuellenfeindlich!

Ääner geht noch! Kriminalroman von Dieter Schmidt.
Karl-Napp-Verlag 2004. ISBN: 3-9809395-0-2

Der Hund vom Lerchenberg

Mainz: Fiese Verbrecher entführen Ken, fordern Lösegeld und drohen, seinen Schwanz abzuschneiden. Ken ist ein Yorkshire-Terrier. Meenzer nennen diese Sorte Hund: „Fotzelecker“.

Der Köter gehört Dr. Neumüller und seiner Freundin Barbie. Neumüller ist ein hohes Tier beim Zweiten Fernsehen und sieht aus wie ein dicker Mops. Barbie ist ein silikonverstärktes Partyluder aus Wiesbaden mit riesigen Brüsten und Lippen so dick wie Fahrradschläuche.

Neumüllers Ehefrau darf aber nicht wissen, dass es Barbie gibt. Deshalb gehen Herrchen und Frauchen nicht zur Polizei, sondern zum Privatdetektiv Karl Napp. Auf der Suche nach dem Hund schnüffelt Karl im Frankfurter Boxmilieu und stolpert in die Wiesbadener Pornobranche. Die Spur des Verbrechens führt aber nach AKK, in die hessisch besetzte Zone von Mainz.

Pressesprecher der Mainzer Handkäsmafia: Genau. Alle Hesse sinn Verbrescher, klaue AKK unn Aschebescher.

Wiesbadener Literaturkurier: Das ist richtig. Aber noch krimineller sind die Zustände in der irren Anstalt auf dem Mainzer Lerchenberg.

Der Hund vom Lerchenberg. Kriminalroman von Dieter Schmidt. Karl-Napp-Verlag 2005.
ISBN-9809395-1-0

FSV oder FCK?

Beim FSV Meenz Nullfümf brennt der Kittel. Die Kasse vom Fassenachtssportverein ist ganz leer, das nagelneue Ernst-Neger-Stadion ist nur halb voll, und die Mannschaft spielt wie besoffen. Da hat sogar der dicke Kardinal die Faxen dick. „Isch geh nit mehr enuff!", verkündet von der Kanzel.

Deshalb putscht die Mainzer Handkäsmafia. Obermafiosi Brezelmüller wird Präsident und Metzgermeister Fleischworschttoni wird Mänätscher vom FSV. Jetzt weht den geföhnten Profis ein eisiger Wind ins Gesicht. „Ihr müsst Gras fresse!", brüllt Toni die Spieler an. Und neue Verträge werden im Puff auf Bierdeckeln skizziert.

„Ich habe Vertrag!", sagt der Mainzer Spieler Michi Raffzahn. Michi hat das gleiche Problem wie alle Fußballer. Er weiß nicht, wie er die Zeit totschlagen soll, wenn das bisschen Training vorbei ist.

Was soll er tun? Stundenlang vorm Spiegel stehen und Gel in die Haare schmieren? Beim In-Italiener herumlungern? Playstation spielen? Oder soll er einen Ferrari kaufen?

Auf jeden Fall besteht der Verdacht, dass Michi heimlich mit Lautern verhandelt. Ausgerechnet! Das ist Verrat!

Und was sagt ein Fußball-Profi zu diesem Buch?

Michi in Mainz: Mainz ist ein Traum für mich. Super Fans, geile Atmosphäre, und eine tolle sportliche Perspektive.

Michi in Lautern: Es war schon immer mein Traum, beim Betze zu spielen. Die tollen Fans! Die Atmosphäre!

Michi privat: 40 Prozent mehr Gehalt ist mir zu wenig. Ich will mindestens ein Drittel!

FSV oder FCK? Kriminalroman von Dieter Schmidt.
Karl-Napp-Verlag 2008. ISBN: 9783980939529

Das Mainzer Bernsteinzimmer

Mainz. Bauarbeiter finden das Skelett eines Landsers, der 1945 in einen Brunnen geworfen und mit Beton versiegelt wurde. Aus seinen Taschen kullern kleine, gelbe Brocken, die wie ein Puzzle zusammenpassen. „Das sind Teile des Bernsteinzimmers", sagen aufgeregte Experten und schlagen Alarm.

Wie die Irren stürmen rasende Reporter nach Mainz. Zeitungen aus aller Welt verbreiten sensationsgeilen Schwachsinn, in der Glotze jagt eine idiotische Sondersendung die nächste. Lokalbolidigger babbeln wischdisch dazwischen, der dicke Landesfürst hält Pressekonferenzen ab, der russische Präsident meldet Besitzansprüche an, die Bundeskanzlerin ruft das BKA.

Jetzt wollen alle das Mainzer Bernsteinzimmer finden. Tausende Journalisten und Geheimdienstler, Schatzgräber und Dollbohrer wühlen in den alten Gängen unter der Stadt. An vorderster Front: Der Mainzer Hutsimpel Karl Napp.

Der Schpiegel:

Sensation! Vergammelt das Bernsteinzimmer seit 1945 in den zugemauerten Festungsgängen von Mainz?

Der Schtern:

Unglaublich! Jahrzehntelang suchen KGB und STASI ergebnislos das Bernsteinzimmer. Aber jetzt ...

Das Mainzer Bernsteinzimmer. Kriminalroman von Dieter Schmidt. Karl-Napp-Verlag 2010. EAN-Nummer: 978-3-9809395-4-6

Narhallamarsch!

Mainz. Ein furchtbares Verbrechen erschüttert die Stadt. Dreiste Diebe haben aus dem Fassenachtsmuseum die Lederschürze von Ernst Neger geklaut! Die weltberühmte Geige von Geigerfränzje ist auch weg! Außerdem wurden aus dem Tresor alle Fassenachtsorden seit 1819 gemopst.

Die Kripo gründet die SOKO Helau, tappt aber hilflos im Dunkeln. Wer ist so skrupellos und stiehlt das Mainzer Weltkulturerbe?

Vor allem die Meenzer Handkäsmafia ist betroffen und empört, erfüllt von Wut und Trauer. Im Tresor lagen nicht nur verstaubte Orden von anno Tobak, sondern auch 500000 Euro Schwarzgeld. Die Handkäsmafia setzt ein Kopfgeld aus und ruft einen Privatdetektiv. Karl Napp soll die Täter und das Geld finden.

Pressesprecher der Mainzer Handkäsmafia:

Dess war'n beschtimmt Wiesbadener! Wenn mir die Drecksäck verwische, dann schneide mir dene die Eier ab!

Wiesbadener Literaturkurier:

Ein ekelhaftes Buch von geradezu widerlicher Realitätsnähe!

Narrhallamarsch! Mainzer Kriminalroman von Dieter Schmidt. Karl-Napp-Verlag 2011.
EAN: 978-3-9809395-5-3